N&K

WALTER VOGT

Werkausgabe
Dritter Band
Romane III

NAGEL & KIMCHE

WALTER VOGT

Vergessen und Erinnern
Roman

NAGEL & KIMCHE

WERKAUSGABE HERAUSGEGEBEN VON
DORIS HALTER, CHARLES CORNU
UND KURT SALCHLI

DRITTER BAND
HERAUSGEGEBEN VON CHARLES CORNU
MIT EINEM NACHWORT VON
ALBERT HOFMANN

Wenn sie wach sind, haben alle eine einzige und gemeinsame Welt; im Schlaf aber wendet sich jeder seiner eigenen Welt zu.

HERAKLIT

Eingetreten am *22. 4.* Entlassen am *29. 6. 1974*
Geheilt – gebessert – unverändert – gestorben
Nach:
Auf eigenen Wunsch
Gegen ärztlichen Rat
Diagnose: *Polytoxikomanie. Akutes Entziehungsdelir.*
Endokreative Depression
ICD Nr.
Ambulante Kontrolle: Dr. D. H.

Erster Teil

I

13. Juli

Ich schreibe also wieder. Das wird meine Ärztin freuen. Es gehört zu dem therapeutischen Programm, das sie vorhaben mit mir; schließlich bin ich einer, der schreibt: das Schreiben gehört zur Rehabilitation, ist möglicherweise der wichtigste Punkt.

Weil ich schreibe, folglich ein schöpferischer Mensch bin, wie meine Ärztin das nennt, lohne ich ja wohl auch die Mühe, die man sich mit mir gibt – man tut etwas für die Allgemeinheit, darf es sich zumindest einbilden, wenn man mich vor dem bewahrt, was mir droht: Sucht, Umnachtung, Suizid.

Ich schwimme auch wieder, in meinem kleinen, sommerlich aufgeheizten, dicht von Algen besiedelten See – mit Lust, darüber staune ich selbst; am liebsten, wenn der Wind von Westen weht, und die Wellen schlagen mir ins Gesicht.

Auch das wird meine Ärztin freuen. *Wenn* ich es ihr erzähle.

Vielleicht werde ich sie prellen um ihren kleinen, aber wohlverdienten therapeutischen Erfolg; mit hängenden Schultern mich tief in den Sessel setzen, in der schlechten Haltung, die ich als Depressiver habe, tief ausatmen; wenn es geht, aufseufzen, sagen: «Es geht mir schlecht ...»

Sie wird einen Augenblick lang enttäuscht blicken, hinter ihren Brillengläsern, aber dann, ich kenne das, wird sie auch dieses Eingeständnis für sich buchen, als kleinen Triumph: Sie war schließlich von Anfang an der Mei-

nung, daß es mir viel schlechter gehe, als ich meine. Sie will mich wieder in der Klinik haben.
Wenn ich sage, es geht mir schlecht, ihr das Schwimmen im See verschweige, wird sie die Frage, ob ich wieder schreibe, gar nicht stellen.
Das buche dann wieder ich als kleinen Erfolg.
Ich werde wissen, daß es mir wesentlich besser geht, als meine Ärztin glaubt, daß ich meine, und sie inzwischen, verunsichert, selber glaubt. Wissen ist Macht.
Ich *will* nämlich in die Klinik zurück, aus Gründen, die mir nicht völlig klar sind; aus ebenso unklaren Gründen mag ich es nicht, daß sie weiß, daß ich genau das möchte, was sie von mir will.
Ich hoffe, ich drücke mich verständlich aus.
Gut, der See, an dem die Klinik liegt, einige zwanzig Kilometer von hier entfernt, ist größer, stürmischer, majestätischer, berühmter; international bekanntes Erholungsgebiet, am Südostufer ein registrierter Feuchtbiotop – am Nordwestufer ist der See allerdings entsetzlich verschmutzt.
Am See liegt es nicht, daß ich zurückwill.
Auch nicht an der Stadt, die schuld ist an der Verschmutzung – eine jener mittelgroßen Städte, von denen es Tausende gibt; jede mit eigener Atmosphäre, eigener Wut, eigenen Träumen, zum Beispiel an lauen Sommerabenden am Kai:
Ein junger Mann füttert eine halbzahme Wanderratte mit Brot, wirft es ihr zu wie einer Möwe; halb ist er stolz auf sein kleines Kunststück, halb geniert, weil er eine Ratte füttert, einen Schädling, ein Tier, das selbst bei Naturfreunden oft als widerlich gilt, Überträger von Trichinen und Pest. Der Junge wendet sich von seiner Rat-

te ab, ruft den gleichgültigen Spaziergängern zu, entschuldigend und erklärend, mit unterdrücktem Jubel in der Stimme: «Mon rat!»
Das habe ich, offengestanden, noch in keiner anderen mittelgroßen Stadt gesehen.
Auch das könnte ich meiner Ärztin erzählen, das Intermezzo mit der Ratte – sie interessiert sich für Verhaltensforschung, ich ebenfalls, wir hätten ein gemeinsames Thema.
Über Ratten fiele mir mühelos noch einiges ein.
Das Gespräch wäre für meine Ärztin entschieden weniger enttäuschend, als wenn ich schweige, ein mürrisches, depressives Schweigen, erst nach Minuten sage: «Vielleicht geht es mir gar nicht so schlecht ...»
Scheinheilig beifüge: «Man kennt sich ja selber nicht.»
Und lächle, ein blasses depressives Lächeln, müde, meiner Krankheit offensichtlich mühsam abgerungen – dennoch spontan; ein Lächeln, das durchblicken läßt, daß wenigstens mein Verstand noch in Ordnung ist.
Darauf lege ich neuerdings einen gewissen Wert.
Das Gespräch über Ratten wäre überzeugend, der Beweis, daß ich nicht mehr so vollkommen interesselos bin, daß es mit meinem Gedächtnis längst nicht mehr so schlecht steht. Es würde meine Ärztin entlasten, denn ein wenig, ein bißchen auch zu Recht, gibt sie sich und ihrer Behandlung die Schuld an meiner Amnesie.
Meine Interesselosigkeit *und* meinen Gedächtnisschwund könnte ich ihr anschließend wieder an zahllosen anderen Beispielen vor Augen führen. Ich habe da meine kleinen Tricks: hebe, beispielsweise, an zu grandiosen Satzgirlanden, die mir nach menschlicher Voraussicht entgleiten *müssen*, längst bevor ich damit zu ei-

nem Ende gekommen bin; womit ich, fallweise, mein Vergessen und mein Erinnern gleichzeitig demonstrieren kann. Spreche von Dingen, von denen ich weiß, ich habe sie einmal gewußt, weiß sie nicht mehr; oder es fehlt ein entscheidendes Stück.
Nur habe ich da ein kleines Problem: Wie erinnert man sich seiner Gedächtnislücken, wenn man sich nicht erinnert?
So gut ist mein Gedächtnis nämlich tatsächlich nicht.

Die Schwierigkeit zwischen meiner Ärztin und mir ist, daß wir beide dasselbe wollen: mich in die Klinik zurückhaben.
Aber ich will nicht, daß sie recht behält mit ihrer Auffassung von meinem Fall: Sie hält ihn für ziemlich schwer, schwerer, als er meiner Meinung nach ist; andrerseits für heilbarer als, nach meiner Auffassung, irgendein Fall sein kann.
Sie möchte mich geheilt haben, zu guter Letzt.
Überläßt es nicht gern meiner, im Innersten, gesunden Natur. Sie will nicht, daß ich freiwillig in die Klinik eintrete – möchte mich überzeugt haben von der Notwendigkeit dieses Schrittes, am liebsten sogar, vermute ich, dazu *gezwungen*.
Ohne Anwendung von Gewalt selbstverständlich.
Szenen mit vier Polizisten, Blaulicht und Sirenen sind doch stets unerfreulich, trotz einer Spur von angenehmem Thrill, und sie belasten eine Arzt-Patient-Beziehung.

Ich sehe aus, im Badezimmerspiegel der kleinen Dreizimmerwohnung, die wir seit Jahren gemietet haben, an

meinem See, als käme ich eben aus dem Hochgebirge zurück, aus Ostafrika, aus Portugal, tief gebräunt. Das kommt von den Medikamenten, die ich einnehme. Sie sensibilisieren die Haut auf Licht.
Schleichen sich ein, in die Gewebe, durchtränken die Zellen, durchsetzen die Membranen, steuern die enzymatischen Systeme und Zyklen, wie es ihnen gefällt.
Versenken erregte Hirnzellen in Meere von Lethe, jagen andere auf Touren, regen die Fettzellen an, zum Speichern von Fett; sensibilisieren, wie gesagt, die Haut für Licht, bis zur Häutung und zur Verbrennung, lähmen die Akkommodationsfähigkeit des Auges. Das sind die normalen Nebenwirkungen; an die schlimmeren darf man nicht denken: Leberschaden, Verblödung, Atemkrampf. Süchtig machen sie nicht.
Und der Arzt, der das alles in der Hand zu haben glaubt, hat bloß den Rattenschwanz in der Hand.
Es fällt diesem Gesicht im Spiegel schwer, blaß und müde zu lächeln, ohne an Glaubwürdigkeit einzubüßen.
Trotzdem: Meine Ärztin kennt diese Wirkung der Medikamente, zieht mir stillschweigend die blühende, gebirglerische Maske vom Gesicht, hält sich mehr an das, was sie weiß, als was sie sieht, und täuscht sich dann eben doch.
Meine Augen sind verschleiert, schmale Schlitze, die Lider verklebt. Krank blicke ich durch meine Brillengläser in die Brille der Ärztin; weiß, daß sie es registriert.
Behalte ich die Sonnenbrille auf, in ihrem dunklen, schattigen, kalten, unordentlichen, verrauchten, maskulin-femininen Sprechzimmer und Büro in der Klinik, wirke ich erst recht krank, möglicherweise: unheilbar.
Ich schwimme seit gestern, schreibe seit heute.

Davon sage ich besser nichts.
Daß ich schwimme, könnte sie erschrecken, bei der Unmenge an hochwirksamen Substanzen, die ich schlucke, auf ihren Rat, ihre Verantwortung.
Dabei wäre das Schwimmen, spontan, freiwillig und mit Lust, doch ein beachtlicher therapeutischer Erfolg. Mit dem Schreiben allerdings hat sie einen anderen Plan: Meine Ärztin schreckt vor nichts zurück, geht es um Kunst oder was sie dafür hält: Ich soll in der Klinik wieder anfangen zu schreiben, angeregt durch stimulierende Medikamente, abgeschirmt gegen die kleinlichen Reibereien des Alltags, in der dünnen Luft der Institution.
Zum Ruhme der Institution.
Und vorerst nur dann und wann einen kurzen poetischen Text.
Sie stellt sich das, vermutlich, bezaubernd vor: Wie einer durch die langen Korridore geht, durch den Park, mit nachdenklich gesenktem Kopf, in der Hand ein Buch oder ein Heft, einen Stift, da und dort anhaltend, den Blick schräg nach oben richtend und auf das Papier zurück, und schreibt, ein Gedicht, einen kurzen poetischen Text.
Ich könnte ihr das Vergnügen machen.
Wenn ich ihr jetzt verschweige, daß ich schreibe, scheinbar erst damit anfange, wenn ich wieder in der Klinik bin, aus heiterem Himmel, dann ist das doch haargenau, was sie sich wünscht.
Ich bezweifle, daß ich dann noch so herzlos wäre, ihr den Spaß zu verderben. Man fühlt sich in diesen Häusern allzusehr in der Hand der Ärzte, um sie mutwillig um ihre gute Laune zu bringen!
Lieber gönnt man ihnen einen bescheidenen Heilerfolg.

Vollgestopft mit hochaktiven Thioxanthenen, wie ich bin! Mit ihrer gewaltigen, höchst beruhigenden und antipsychotischen Wirkung.
War ich überhaupt je ‹psychotisch›, geisteskrank?
Meine Ärztin bestreitet es, aber mir kommt mein bürgerlicher Alltag nachträglich merkwürdig vor, eintönig und phantastisch: krank.
Morgentemperatur 35,4.
Schließlich bewirkt man mit ähnlichen Drogen den künstlichen Winterschlaf. Im Hochsommer ist die unterkühlende Wirkung erträglich – wie wird sie im Winter sein?
Ich starre Löcher in die Luft, den ganzen Tag, oder fast, finde nichts dabei.
Denke mir nichts aus. Mir fällt auch nichts ein. Ich tue auch nichts. Allenfalls lasse ich morgens den Kaffee durch das Filter tropfen, gehe einkaufen, mit meinem 2 CV. Siebzig kommt mir wie ein rasendes Tempo vor. Verstehe nicht, daß man mich überholt.
Und zurück in mein Refugium: das Haus von 1947, Chaletstil, drei Parteien, wir unter dem Dach; zwei Bungalows neulich angebaut, 22, 23 Personen insgesamt, eine Sommerkolonie auf einem riesigen Gelände unmittelbar am See: Wir, die Kinder, die Hunde verschwinden darin.
Ich nehme ein Buch in die Hand, blättere es auf.
Aber ich lese nicht darin.
Nun plötzlich: schreiben!
Sollte ich von einem Tag auf den anderen gesund geworden sein – über jedes vernünftige Maß hinaus?
Meine Augen, im Badezimmerspiegel, sprechen eine andere Sprache.

Also schreibe ich als ein Kranker, mit Thioxanthen Behandelter, als Therapie?
Ich habe versucht, den Prospekt zum Thioxanthen zu lesen. Er war zu klein gedruckt für meine Augen, mit ihrer gestörten Naheinstellungsfähigkeit.
Die Störung der Naheinstellungsfähigkeit meiner Augen scheint allerdings außer meinen Augen niemanden zu stören, meine Ärztin jedenfalls nicht.
Sie kennt die Geheimnisse des Thioxanthen.
Ich schlucke die höchste Dosis, die ambulant gegeben werden darf.
Schlafe mit einem Kombinationspräparat – aus drei Barbituraten, Scopolamin, Dihydroergotamin.
Das Dihydroergotamin verstärkt, nach Ansicht der Herstellerfirma, die Wirkung des Scopolamins.
Die Wirkungsweise des Scopolamins wird als bekannt vorausgesetzt – oder geht den Patienten nichts an.
Fehlt bloß eine Spur Opium zu einem wahrhaft universellen, einschläfernden Präparat.
Opium verschreiben die Ärzte allerdings nicht gern.
Meine Frau hat mir die kleingedruckten Prospekte vorgelesen. Ich kenne die Wörter, die darin stehen. Schließlich habe ich Medizin studiert. Aber weiß ich denn auch, was die Wörter wirklich bedeuten? Zum Beispiel ein Wort wie Thioxanthen?
Kaum.
Mir kommt vor, ich schlafe etwas weniger tief, nicht mehr so sehr wie betäubt, seit ich die Zusammensetzung des Schlafmittels kenne. Und die Augenstörung ist wohl nicht gar so schlimm, seit ich weiß, daß sie zu den normalen Nebenwirkungen des Thioxanthens gehört.
Trotzdem lese ich nicht.

Das werde ich meiner Ärztin sagen, vorwerfen werde ich ihr: daß ich noch nicht imstande bin zu lesen.
Oh, ich werde dick auftragen!
Sie wird sagen: «Sie sind eben noch immer zu depressiv, um zu lesen.»
Und sie wird meinen Wiedereintritt in die Klinik vormerken, für den ersten August, den Nationalfeiertag.
Das war zwar mein Vorschlag; ich mag es jedoch nicht sonderlich, wenn sie es verfügt.
Manchmal bin ich vor der Sprechstunde richtig nervös.
Ich versuche mich zu erinnern. Ich weiß, die ganze Psychoanalyse, ein gut Teil der Gegenwartsliteratur lebt von diesem Versuch.
Es ist allerdings ein himmelweiter Unterschied zwischen jenem hochgeistigen Vorgang des Erinnerns und meiner jämmerlichen, verzweifelten, körperlich schmerzhaften Bemühung, einen verlorenen Abschnitt meines Lebens zurückzugewinnen.
Postleitzahlen, Telefon- und Autonummern weiß ich noch; daran halte ich mich, als Datengerüst.
Dazwischen fehlt die Atemluft der Erinnerung.
So habe ich meine Mutter auf dem Sterbebett liegen sehen: mit diesem Gedächtnis ohne Erinnerung.
Postleitzahlen gab es damals noch nicht.

Es geht weniger um die zwei, drei Wochen, die ich wohl endgültig verloren habe, sie fehlen mir nicht; der Übergang von vorher zu nachher, und umgekehrt, scheinbar nahtlos. Ich kämpfe um das ganze Jahr vorher, die Zeit seither, ein wenig um mein ganzes Leben. Denn was ist ein Leben, wenn nicht eine Erinnerung?
Notwendig ist, zum Erinnern, auch das Vergessen. Wer

nichts vergißt, erinnert auch nichts.
Engramme speichern kann jede Amöbe, das kleinste Klümpchen lebende Substanz. Aber so zu vergessen, daß daraus Erinnern wird, das zeichnet das menschliche Gedächtnis aus.

Gott hat mir ein so herrliches Gehirn gegeben für Wahrnehmungen und Einsichten, und ich Idiot habe es vierzig Jahre lang zum Nachdenken mißbraucht (über das, was längst vorgedacht war ...)

Ein Satz, der körperhaft vor mir stand, eine Einsicht aus der Urzeit, oder Zeitlosigkeit. Nach den sechs oder acht Wochen, die seither vergangen sind, nicht mehr einsehbar. Man kann meinen Medikamenten die antipsychotische Wirkung nicht absprechen. Wäre nicht gleichzeitig die unterkühlende und versteinende Wirkung so vortrefflich, ich würde längst wieder funktionieren, wie ich immer funktioniert habe – ein normaler, verantwortungsbewußter Mensch unserer Zeit, mit seinem ganz bestimmten Stellenwert im sozialen Gefüge dieser Welt.

Ich habe mich, genaugenommen, auch bloß ein Jahr lang gegen die Klinikeinweisung gesperrt. Dann ging plötzlich alles wie von selbst.

2

Fünf Uhr.
Vom Korridor dringt das Schlurfen leiser Schritte herein: Die Nachtwache geht auf und ab und hin und her.
Die Nachtwache geht natürlich nicht ‹auf und ab› und ‹hin und her›, verläßt, im Gegenteil, das Nachtwachezimmer nur, wenn ein Patient sie ruft, wenn sie eine Spritze geben, einen Verwirrten oder Verirrten ins Bett zurückführen muß.
Alles geschieht ungemein diskret, unmerklich, ohne Zorn, beinahe ohne Geräusch.
Gegen Tagesanbruch nehmen die Aktivitäten zu: Alle Patienten müssen gewogen werden. Puls und Blutdruck wollen gemessen sein. Ich bin erschöpft und erregt, nicht als ob ich geschlafen hätte, eher wie übergangslos aus einer Narkose erwacht.
Die normale, die luzide Stunde – so kommt es mir vor. Genaugenommen ist diese Stunde dämmerig, blau und flau, die Überwachheit peinvoll, grau.
An den Knöpfen des kleinen Transistorradios drehen: keine Sendezeit, oder ich finde die Sender nicht.

Ich schreibe einen Brief, das kann lebenswichtig sein; ein Brief ruft Entscheidungen herbei. Morgens um fünf ist mir danach zumut.
Ich bin stolz auf den Brief, meine morgendliche Fähigkeit, Entschlüsse zu fassen.
Ich kann den Brief nicht lesen; mit meinen Augen stimmt etwas nicht. Mit dem Datum habe ich ein Problem.

Unterschreibe den Brief, so wie ich eigentlich immer unterschrieben habe, eigenwillig, dennoch leserlich.
Mein Kopf steckt voll von wunderbaren, perfekten Anschriften, höflichen, korrekten oder mehr persönlichen Anreden, Postleitzahlen, Telefonnummern und was sonst in einen modernen Kopf hineingehört.
Nur manchmal gehört die Anschrift auf dem Brief nicht zur Anrede im Brief – das, fürchte ich, stiftet Verwirrung, aber vermeiden, scheint es, läßt es sich nicht.
Ein Brief ist etwas Eiliges.
Ich nehme den Brief, klettere aus dem Bett.
Der Umschlag sieht beinahe amtlich aus: Briefmarke oben rechts, Bestimmungsort unterstrichen, Postleitzahl jedoch nicht. Wie die Post es befahl.
Nein, die Briefmarke steht nicht auf dem Kopf.
Ein bißchen flau ist mir schon. Das muß der Blutdruck sein, der spielt am Morgen nicht mit.
Ein wenig habe ich wohl auch Angst; öffne die schwere, schalldichte Zimmertür, stehe fröstelnd auf dem grauen, leeren Korridor. Nach rechts geht's durch unendliche Fluchten zum Briefkasten, der im zentralen Hof der Klinik angebracht ist, dort, wo die Hausschwalben ihre Nester ans Dach geklebt haben. Ich fürchte die Kälte, den Tau der Morgendämmerung, die Schwalben fürchte ich weniger. Ganz sicher bin ich allerdings nicht, und sie heißen auch nicht Hausschwalben, sondern Mehlschwalben, Delichon urbica L.
Namen, die man nicht vergißt.
Vögel können etwas Furchterregendes sein.

Nun hat die zufallende Zimmertür doch zuviel Lärm gemacht. Die Nachtschwester tritt auf den Korridor, sieht noch immer gleich aus wie um Mitternacht, beim Gutenachtkuß, der gar keiner war, sondern ein kühler, fremdgemeinter Händedruck. Ihr mächtiges Haar trägt sie schwarz und tadellos um den schönen Kopf, als hätte sie noch nie eine Nacht durchwacht. Nur das Gesicht ist ein wenig verbraucht.

Ich halte mit der linken Hand den Morgenrock zu, wie eine Toga, in der rechten den Brief.

Sie schubst mich in das Nachtwachezimmer.

«Was vielleicht wie ein roter Königsmantel aussieht», beeile ich mich zu erklären, «ist bloß mein Morgenrock!»

Sie nickt.

«Sie haben wieder geschrieben? Geben Sie her –»

Ich gebe den Brief nicht gern aus der Hand, gehorche jedoch automatisch.

«Um sieben», sagt die schönbemalte Schwester, «um sieben nimmt der Pfleger Ihren Brief mit.»

Sie nimmt mich am Ellbogen, führt mich ins Bett zurück. Die Geste ruft weder Widerspruch noch Aggression hervor.

Den roten Wollmusselinmantel faltet sie respektvoll und hängt ihn über den Stuhl.

Mehr kann man vom Leben nicht erwarten, meiner Meinung nach.

Das Fenster vom Nachtwachezimmer zu meinem hochprivaten Raum von Versuch und Irrtum, Irrsinn und Versuchung, Experiment und Wahn – dieses Fenster ist auf der Nachtwachezimmerseite schwarz verhängt, so daß mich einerseits das Licht nicht stört, ich andrerseits spielend zu überwachen bin, nachts in meinem tiefen, narkotischen, gefährdeten Schlaf. Wie leicht bricht man sich etwas oder liest eine Lungenentzündung auf, im Schlaf.

Die Klinikbetten sind hoch.

Ich sehe auf die Uhr.
Wie schwer es ist, Zeit zuzubringen, erschöpfende Arbeit, körperlich.
Blauer Himmel, ein strahlender Tag!
Aber auch ein schöner, sonniger Tag braucht Energie.
Wehe, wenn der Himmel grau hereinhängt, Regen niedergeht: Was für eine fürchterliche Anstrengung, ein trüber Tag –!
Die Alten wußten etwas davon, schrien, flehten, beteten um das Aufgehen der Sonne, Tag für Tag, konnten sich Fehler nicht leisten – opferten gemästete Kinder der verrinnenden Zeit.
Wir haben gelernt, daß die Erde sich um die Sonne dreht – aber die Zeit vergeht nicht von selbst.

Die Sonne färbt jetzt den Wipfel des hohen Baumes, der vor meinem Fenster steht, ein fremdländisches Nadelholz, mit einem langen, kerzengeraden roten Stamm, eine Wellingtonia. Ich nenne den Baum so, und wenn ich konsequent dabei bleibe, heißt er auch so. Dann übernimmt Tiff diesen Namen, die Klinik, das deutsche Sprachgebiet, die ganze Welt.
Vielleicht heißt der Baum tatsächlich so.
Tiff, der mich für allwissend hält, oder fast, hat gefragt:
«Wie heißt der Baum?»
«Wellingtonia!»
Und wieder Tiff: «Ich kenne die Namen der Bäume nicht.»

Das Grün des Parks erfüllt mein Zimmer; mit seiner

Scheibe zum Nachtwachezimmer hin ist es ein Aquarium. Man hat mich eines Tages in diesen fürstlichen Käfig geschoben, weil ich ständig überwacht werden muß. Ich bin ein schwerer Fall, akut, und für diese ländliche Irrenanstalt ein verhältnismäßig großer Fisch.
Mir gefällt's.
Irgendwie beschafft meine Frau das Geld dafür.
Auf dem stupiden weißen Tischchen stehen Tulpen und Freesien in einem Glas. Meine Frau hat die Blumen gebracht.
Ich behalte sie nachts im Zimmer. Wenn ich Blumen vor den Türen warten sehe, im Gang, zerreißt es mir das Herz.
Ich fürchte, das Fenster zur Wellingtonia könnte erblinden. Ein schmaler Flügel läßt sich öffnen. Dann kommen die ockerrötlichen Pfeiler aus Beton, gegen Flucht und Suizidversuch, gut gemacht. Die andere Hälfte des Fensters ist aus dickem, unzerbrechlichem Glas. Der weiche grüne Rasen, keine zwei Meter entfernt: unerreichbar.

Sechs Uhr.
Die schöne, kühle Nachtschwester tritt ein. Dämpft jetzt ihren Schritt nicht mehr, beginnt den Tag.
«Guten Morgen! Haben Sie gut geschlafen?»
Als hätte sie mich heute noch nicht gesehen.
Ich starre sie mit dem fragenden Staunen des Ausgelieferten an. «Ich habe nicht geschlafen. Ich war bloß fünf oder sechs Stunden narkotisiert.»
Sie lächelt, professionell, obgleich sie derartige Antworten nicht mag.
Mein Blutdruck ist niedrig, die Morgentemperatur ebenfalls.

Ich weiß es – obgleich die Schwester, auftragsgemäß, meine Fragen ausweichend beantwortet.
Sie führt mich zur Waage im Bad.
Das Wiegen vertreibt die Zeit.
«Sie haben abgenommen.»
Sagt sie jeden Tag: Sie mästet mich nicht, sie magert mich ab.
Bringt mich ins Bett zurück.
Gibt vor, mir einen guten Tag zu wünschen.
Sagt: «A ce soir.»
Ich sage ebenfalls: «A ce soir.»

Ich muß mich einer Sprache bedienen, die ich nicht völlig beherrsche. Sogar für meine täglichen Halluzinationen. Das ermüdet sehr. Das Gute dabei: Es fällt nicht auf, daß ich die Wörter mühsam zusammenklauben muß. Ich kann auch nicht alles aussprechen, was mir durch den Kopf geht.
Ich gelte nicht gern für verrückt.

Die UKW-Stationen senden jetzt Gedudel und Geschwätz. Ich stelle ab, sehe auf die Uhr.
Der rote Stamm der Wellingtonia fängt an zu leuchten.
Ich sehe mich in meinem Aquarium um.
Es gibt nichts zu sehen.
Die Zeit vergeht sehr langsam.
Das macht mich nervös.
Hinter der vordergründigen Nervosität steckt eine hintergründige Angst.

Von weit her ein Flötenton – Tiff?
Unmöglich. Tiff schläft um diese Zeit, oft bis mittags.

Der Ton muß aus dem Hauptgebäude kommen, einem steinernen Koloß mit toten Fenstern.
Oder es war gar keine Flöte, sondern eine Halluzination, Trugwahrnehmung, Erinnerung.
Der Transistor war es nicht. Der ist abgestellt und schweigt.

Als ich aus meinen Delirien erwachte, war der Junge, Tiff, einfach da. Wenn die Ängste über mir zusammenzuschlagen drohten, wie die Sturmwogen des Ozeans, rettete mich sein Flötenspiel.
David spielt vor dem wahnsinnigen König Saul.
Tiff spielte Blockflöte, kunstlos und falsch.
Ich bin nicht der wahnsinnige alte König Saul.
So wahnsinnig, das zu glauben, bin ich nicht.
König Saul liebte den jungen David. Es beruhigte ihn, wenn David vor ihm spielte – nur ein einziges Mal, oder zweimal, warf er nach dem Jungen, mit seinem königlichen Speer. Als er merkte, daß Gott mit dem Jungen war, von ihm selbst jedoch sich abgewandt hatte, wurde er eifersüchtig und verfolgte den Jungen. Sauls Sohn Jonathan jedoch liebte den David und errettete ihn vor den Wutausbrüchen des Vaters.

Ich versuche, über Tiff nachzudenken.
Es fällt mir schwer.
Für Tiff bin ich alt, uralt.
Es macht mir nichts aus, im Gegenteil, es verschafft mir ein Gefühl der Sicherheit, daß der Junge mich für steinalt und für allwissend hält, oder fast.

Ich greife nach meinem Notizbuch und mache eine Eintragung, die unleserlich ist.

Ich nehme ein Buch zur Hand.
Ich muß die Brille ablegen und das Buch an das linke Auge halten, das weniger blind und weniger müde ist.
Kleine Aktivitäten, aus denen ein Leben sich zusammensetzt.
Ich lege das Buch zurück.
Sehe auf die Uhr.
Auf dem Gang draußen nehmen die Geräusche zu: Schritte, einzelne Wörter, Scheppern von Metall und Glas.
Ich schalte das Transistorradio ein, und wieder aus, und wieder ein.
Als ich aus meinen Delirien erwachte, gab es, laut Radio der französischen Schweiz, einen deutschen Bundeskanzler, der hieß Schmidt.
Noch nach Tagen dachte ich, das sind die Welschen; die wissen das nicht besser.
Aber dann hieß er tatsächlich Schmidt, und ich hatte Willy Brandts Rücktritt, samt Anlaß, verpaßt.
Auf Kurzwelle, zufällig, das Gespräch einer Hamburger Mutter mit ihrem Sohn auf hoher See. Es scheint, ich verstehe die beiden besser, als sie einander verstehen.
Aus.
Ich versuche wieder zu lesen.
Alte Gewohnheiten, aus einem Leben, das mir nicht mehr so recht gehört. Ich mag's auch, von Schwestern und Pflegern beim Lesen überrascht zu werden.
Als ich zum erstenmal die Ergotherapie betrat, nach längerem Sträuben, hielt ich Rilkes Gedichte in der Hand, den bekannten Insel-Sammelband von 1962.
Dann legte ich ihn weg.

Vom Hauptgebäude dringen die ersten Schreie herüber, Husten, Flüche, johlender Gesang. Aufmunternde Rufe von Pflegern reißen die Chronischen und die Akuten aus ihrem ärztlich verordneten künstlichen Schlaf.
Unfreiwillige.
Ich bin freiwillig hier.
Das bildet man sich lebenslänglich ein.
Lächelnd bin ich eingetreten, mit Drogen sorgfältig präpariert, die Schwestern wunderten sich.
Später erwachte ich aus meinem chemischen Dämmerschlaf. Die verlorene Zeit, wie gesagt, fehlte mir nicht. Ich hätte sie einfach gern wiedergehabt – wie ein kleines Andenken, von höchstens persönlichem Wert.
Ich sehe auf die Uhr.
Verfolge den Sonnenstand am Stamm der Wellingtonia.
Die Zeit, unbestreitbar, vergeht.
Wenn ich keine Fehler mache, wird das ein Tag, mit Morgen und Mittag und Abend und Nacht.

Zu Hause gießt jetzt meine Frau den Frühstückskaffee auf. Ein beleidigender, auch beruhigender Gedanke: Gewisse Dinge geschehen auch ohne mich.

3

14. Juli

Am Morgen ist es besonders schlimm: Das Schlafmittel wirkt nach, das Tagesmedikament noch nicht, ich bin unruhig, traurig, versteint.

Trotzdem räkle ich mich eine Weile im Bett und denke mir allerlei aus. Meine Gedanken sind nicht einmal trüb, nicht mehr. Es gab eine Zeit, da erwachte ich Morgen für Morgen mit einem fürchterlichen Cafard, einer nachtschwarzen Dysphorie, Panik, Angst; mein Leben, meine unmögliche Situation, zog an mir vorbei, ein grauer Film – jede Bewegung erfolgte gegen Widerstand, gegen einen Kohleberg von Verzweiflung, jeder Akt sinnlos, der Frühstückskaffee eine Tortur. Es blieb mir nichts übrig, als durch einige Freiübungen wenigstens das Grauen aus dem Leib zu vertreiben.

Jetzt ist es anders: Erst nach dem Frühstück sinkt der Blutdruck ab, und alles wird flau.

In der Klinik holte man mich um sieben aus dem Bett. Ich bekam mein erstes Thioxanthen, in Tröpfchen abgezählt. Man nahm wohl an, die Einnahme der Medikamente in flüssiger Form sei besser zu überwachen, das Horten zu verhindern.

Bevor die Angst vor den zahllosen kleinen Aktivitäten des Alltags wieder ausbricht, schlucke ich jetzt dieselbe Dosis in Form eines länglichen Dragées. Dazu eine Tablette zu 2 mg Biperidino-phenyl-bicycloheptenyl-propanol-hcl, als Gegengift gegen die gefährlicheren Nebenwirkungen; ebenfalls ein Medikament mit unerwünschten Nebenwir-

kungen, gegen die ich, möglicherweise, ein weiteres Medikament einnehmen sollte …
Kompliziert, oder komplex, sind nicht die chemischen Substanzen. Komplex und unberechenbar ist das reagierende System, das Gehirn, *mein* Gehirn, in diesem konkreten Fall.
Ich bin ein Opfer der Chemie; sie hat mich erst abhängig, süchtig gemacht, dann hat sie mich, chemisch, entzogen, mein neues Leben ist ihr Geschenk.
So muß man es sehen, meiner Ansicht nach.
Aber: Ich habe auch meinen Stolz, ganz innen im Sonnengeflecht. Manchmal reagiere ich auf eine der einfältigen Substanzen paradox; auf ein Dämpfungsmittel mit Unruhe, auf ein Anregungsmittel mit einem unwiderstehlichen Schlafanfall.
Aber das ist selbstverständlich nur die Spitze des Eisbergs – im Innersten bleibe ich, der ich bin, und was nicht in mir drin ist, kommt nicht heraus, weder mit Meskalin noch mit Psilocybin, noch mit LSD. Die Chemie kann etwas zudecken, sie kann etwas hervorholen – *schaffen* kann sie nichts.
Ein Gedanke, der mich beruhigt.
Nach dem Frühstück nehme ich die zweite Dosis, damit die Angst vor allem, was nach dem Frühstück kommt, gar nicht erst aufkommt, kurz darauf ein winziges Dragée gegen die ungeheure vegetative Nervosität, die Unruhe meiner Eingeweide; denn mein pflanzenhaft-unbewußtes Leben ist in Aufruhr geraten.
Zugegeben, die Kombination bewährt sich; ich bin jetzt fähig, vollkommen beruhigt und unterkühlt dazuhocken, gedankenleer ins Weite zu starren, in grüne Bäume, graue Wolken, den ebenfalls grauen See: An kal-

ten, regnerischen Tagen ist es besonders hart.

Auch das werde ich meiner Ärztin berichten. Obgleich ich es ihr längst gesagt habe. Sie wird zuhören, Notiz davon nehmen, als höre sie es zum erstenmal; oder aber sie wird mir durch wohlgezielte Zwischenbemerkungen zu verstehen geben, daß sie es schon weiß; eines wie das andere Ausdruck ihrer ärztlich-professionellen Höflichkeit, die beleidigend sein kann.

Hört meine Ärztin mir zu, mit schräggehaltenem Kopf und funkelnden Brillengläsern, als vernehme sie es zum erstenmal, muß ich schließen, daß sie alles vergißt, von einem zum andern Mal; aus ihrem Vergessen schließe ich wieder, mit messerscharfer Logik, auf ihr mangelndes Interesse, weniger an mir als Mensch als an meinem Fall. Ich will aber, daß sie meinen Fall ernst nimmt.
Als Mensch – da ist alles noch einfacher: Ich will, daß man mich liebt und bewundert, genau so, wie ich nun einmal bin. Um das zu erreichen, benehme ich mich so aufsässig und widerborstig wie möglich, provoziere alle erdenklichen Reaktionen, von Ablehnung bis Haß.
Wen man haßt, den nimmt man wenigstens ernst.
Wenn ich meiner Ärztin zum x-tenmal meine morgendlichen Schwierigkeiten schildere, wird sie sich nur bestätigt fühlen, sie wird sagen, ich sei noch immer depressiv, sie wird mich wieder in der Klinik haben, mich heilen wollen, solange es noch etwas zu heilen gibt.

Gibt sie mir jedoch zu verstehen, daß sie sich sehr wohl an alles erinnert, was ich ihr bereits x-mal berichtet habe, ist es tausendmal schlimmer – ich muß befürchten,

sie glaubt, *ich* erinnere mich nicht, und sie hält mich tatsächlich für verrückt, oder behandlungsbedürftig, oder krank, behält mich vorsorglich gleich in der Klinik, notfalls unter Anwendung sanfter Gewalt, zu meinem eigenen Schutz und zum Schutz anderer vor mir.
Etwas in mir will ja wohl, daß es geschieht.
Aber so weit, mir jede Verantwortung für den Wiedereintritt abzunehmen, so weit, das weiß ich, geht sie nie.
Dafür bin ich ihr irgendwie nicht krank genug.
Andrerseits möchte ich keiner von denen sein, die *freiwillig* in eine Klinik gehen.

Ich stehe, hocke, gehe ziellos, gedankenleer herum.
Ich rauche viel zuviel.
Bis ich mich endlich hinsetze und das aufschreibe, was sich, genaugenommen, nicht festhalten läßt: Denn was aufgeschrieben ist, gewinnt ein Eigenleben; am Ende glaubt man selbst, daß es so war, wie es geschrieben steht.
Erinnern, wie man es aufschreiben kann, heißt immer auch vergessen, wie es war.
Wenn ich geschrieben habe, bin ich einen Augenblick erleichtert, als hätte ich etwas geschafft. Dann fängt es wieder an. Immer dieselben Zyklen von Appetit und Sättigung: Hunger, Sex, Literatur.

Die Veränderungen an den Hirnströmen gleichen sich, gleichen denjenigen der Fallsucht, der heiligen Krankheit Epilepsie, die chemischen Veränderungen sind, soweit man sie kennt, dieselben, dennoch, oder eben deshalb, existiert der lange vermutete Zusammenhang zwischen Genie und Irrsinn nicht.

O ja: er existiert sehr wohl; insofern als Genie und Irrsinn nichts Pflanzenhaftes, Vegetatives, Animalisches sind, nicht Natur, sondern gesellschaftliche Konvention.
Diese Halbwahrheiten gehen mir auf die Nerven.
Ich beneide meine Umgebung nicht!
Wenn einer von uns krank sein muß, bin ich es am liebsten gleich selbst.
Von Krebs und Kinderlähmung würde das keiner sagen.
Ich habe es gegenüber meiner Ärztin geäußert.
Sie meinte: «Das sagt man so ...»
Dann gab sie mir, nicht ohne Hintergedanken, recht.
Sie möchte selbst einmal Patient sein.
Ich rate ihr ab.
Ein wenig kommt mir ihr Wunsch lästerlich vor.
Ich selbst habe es mir wohl auch immer gewünscht.
So sehen erfüllte Wünsche aus, sagt Sigmund Freud.
Wenn ich inzwischen *etwas* gelernt habe, dann einen gewissen Respekt vor der Psychose, vor der Realität psychischen Leidens.
Gar nicht schlecht, wenn man mich kennt.

Meine Ärztin will allerdings keineswegs psychisch krank sein, bloß *Patient*, aus Neugier, Abenteuerlust, Forschernatur. Um einmal die ewigen Pflichten und die Verantwortung los zu sein.
«Man muß aber etwas haben», sage ich. «Irgendein Leiden, sonst geht es nicht.»
Sie widerspricht. Wie mancher hat sich schon eingeschlichen, als Patient, in ein solches Haus!
Und was ist daraus geworden?
Nichts.
Wenn man gesund ist, sieht man nichts als die schwer-

fällige Organisation, Ungerechtigkeit, Zwang, Brutalität, Unterdrückung, Gleichgültigkeit.
Nur wer krank ist, sieht auch das andere: die ungeheure Geborgenheit, die ein derartiges Haus bietet, ein riesiger, grandioser, fürchterlicher Mutterleib, mit Tausenden von Zotten, Höhlen, Grotten, Zitzen.
Wer sich fallenläßt, ist verloren.
Wer sich nicht fallenlassen kann, wird nicht geheilt.

Angst macht der Eintritt, mehr Angst der Austritt. Schon nach Tagen weiß einer nicht mehr, ob er das je wieder zustande bringt, durchsteht, erträgt, dieses sogenannte Leben ‹draußen›, das den Gesunden, scheint es, nichts ausmacht; dieses Leben voller Fallgruben und verborgener Zwänge, und wäre es bloß, daß man in jeder Situation etwas ganz Bestimmtes tut, oder sagt.
«Dans telle situation on dit telle chose», sagt Tiff.
Die Nahrung kommt in einem solchen Haus wie von selbst über geheime Kanäle, die verhaßte Verwaltung besorgt das perfekt. Der Tageslauf ist geordnet:
Schlafen – essen – Therapie – essen – Siesta – essen – Therapie – essen – Schlaf.
Kein Raum für einsame Entschlüsse.
Keine Verantwortung, keine Initiative.
Alles von perfider, hintergründiger Freiwilligkeit.
Man kann tun und lassen, was man mag.
Wer sich nicht wäscht, wird gewaschen.
Wer in den Hungerstreik tritt, wird ernährt.
Was man tut und läßt, ist folgenlos.
Was man tut und läßt, wird aber auch lückenlos registriert.
Darüber habe ich mit meiner Ärztin noch nie gespro-

chen, über die Allgegenwart der Registratur.
Einiges wird in unbeholfenen Rapporten schriftlich weitergeleitet.
Anderes wird mündlich weitergegeben, mehr jedoch durch verständnisinniges Lächeln, Achselzucken, ein leichtes Verziehen des Gesichts, so wie andernorts ein Gerücht entsteht; das meiste, überhaupt nicht wahrnehmbar übermittelt, ist unversehens einfach da, eine anerkannte, unumstößliche Tatsache, so unbeweisbar wie unwiderlegbar, ein Fakt.
Tatsache ist, daß man pausenlos beobachtet wird als Patient; durch Scheiben, Schlüssellöcher, durch die mitschwingenden Wände hindurch, die zwar keine Ohren haben, aber lautbrüllende Münder; oder ganz offen, optisch, akustisch, ohne jede Tarnung.
Die Höheren, Eingreifenden überwachen sich gegenseitig diskret.
Versteckte Elektronik braucht es gar nicht.
Das pausenlose, ausplauderische, verräterische Gerede aller über alle genügt vollkommen, hat immer gereicht.
Wer schweigt, macht sich verdächtig.
Ein Schweigen, das nichts *ver*schweigt, gibt es in diesen Häusern nicht.
Es geht, nach der herrschenden Meinung – die in diesen Häusern für einmal tatsächlich die, wissenschaftliche, Meinung der Herrschenden ist –, keineswegs um Lohn und Strafe, vielmehr um das Wohl und Wehe jedes einzelnen Pensionärs, wie wir offiziell hier heißen, um Heilung, Besserung, Rehabilitation; Anpassung an eine Wirklichkeit, die nun einmal ist, wie sie ist: und das heißt, Lohn und Strafe *als* Therapie.
Die undankbaren Kunden anerkennen das bloß nicht so

recht. Insofern, müßte ich auch meiner Ärztin zustimmen, falls sie mir so etwas entgegenhielte, insofern ist auch die lückenlose Registrierung notwendig für den Heilungs- wie für den Verblödungsprozeß.
Ich sage nicht, daß beides dasselbe ist.

Berechtigt ist allerdings auch die Angst.
Denn in dieser etwas undefinierbaren Datenbank fallen Entscheidungen, die für den unteilbaren, hingegen oft höchst gespaltenen einzelnen so unerforschlich wie lebenswichtig sind.

Wer eben noch die Wonnen und Freizügigkeiten der Offenen Abteilung, einschließlich freiem Ausgang, genoß und diese mißbrauchte – das eben wird peinlich genau registriert –, sieht sich unversehens, von vier lächelnden Pflegern begleitet, auf der Abteilung D: Einzelzelle, vergitterte Fenster, sorgsam verschlossene Tür, ein kurzer begleiteter Spaziergang täglich, die Zigaretten rationiert, unter Aufsicht zu rauchen. Eine Matratze, kein Leintuch; denn ein Leintuch könnte mißbraucht werden, für einen Selbstmordversuch, zur Herstellung einer Strickleiter, zur Flucht – *falls* einer die Kraft, Energie, Ausdauer haben sollte, die Gitterstäbe vor dem Fenster durchzusägen, was in Gefängnissen vorkommen soll, wo die Überwachung anders ist: brutaler vielleicht, aufwendiger kaum, bestimmt nicht so pflegerisch-intim, pausenlos und chemisch perfekt; denn uns fehlt ja weniger der Wille zum Handeln als die unerläßliche Fähigkeit, und die ist eben chemisch gebremst.
Einmal abgesehen davon, daß es bequemere und todsichere Wege gibt, aus einer solchen Institution zu flüch-

ten – wenn man es zustande bringt, einige Tage den wohlerzogenen Patienten zu spielen, den Butler herauszuhängen, allerdings auch wieder nicht zu sehr, weil man sonst unentbehrlich und folglich noch viel genauer überwacht wird – nun nicht mehr wie ein Sträfling oder Therapeutling, sondern als Gehilfe, Diener, Sklave, Mitarbeiter.
Oder im Gegenteil: «Monsieur, Sie sind entlassungsreif!»
Also hinaus, in eine Welt voll Tücke, Feindschaft, Kälte und Gefahr.
Bloß weil sie das Zimmer brauchen, für einen schwereren oder hoffnungsvolleren Fall, oder weil die Statistik es will.

Besser, ich rede darüber nicht mit ihr.
Ein Gespräch über die Datenbank, die Registratur könnte die Kollegin auf dumme Gedanken bringen, was meine geistige Gesundheit betrifft.
Das Irrenhaus ist eine Welt.
Und die Welt ein Irrenhaus – oder, um es so zu sagen, wie einer der weiß, wie man solche Dinge sagt, es ausdrücken würde: Das Irrenhaus ist ein *Modell* unserer Welt.
Eines muß übrigens auch meiner Ärztin aufgefallen sein, darüber könnten wir uns gern einmal unterhalten: Seit ich hier Patient bin, Pensionär, sage ich immer seltener ‹Irrenhaus›, immer häufiger ‹Klinik›, was ein sauberer, kleiner Euphemismus ist, oder einfach ‹dieses Haus› – aus einem Rest von Selbstachtung, aus Rücksicht auf meine Mitpatienten, Schicksalsgenossen, Kollegen. Oder aber, um *sie* nicht zu reizen, die Allgegenwärtigen, Mächtigen, die Angestellten und Funktionäre

des Registrierapparats, in ihrer fürchterlichen Verletzlichkeit.
Meine Ärztin wird denken: «Der spinnt!»
Sagen wird sie es nicht.
Ich werde mich an der Chemie schadlos halten, mich bei meiner Ärztin darüber beklagen, daß das Thioxanthen meinen Blutdruck senkt, meinen Kreislauf durcheinanderbringt.
So wie ich eigentlich jedesmal sage.
Wenn ich mich brüsk erhebe, muß ich mich gleich wieder setzen oder hinlegen.
Selbstverständlich kennt die Ärztin die blutdrucksenkende Wirkung des Thioxanthen. Schuldbewußt wird sie ihren Kopf senken, scheinheilig fragen: «Ist es sehr schlimm?» In diesem Augenblick muß ich eilfertig zurückkrebsen, beteuern: «O nein – *schlimm* ist es nicht!» Sonst verschreibt sie mir flugs ein blutdruckerhöhendes Medikament.
Blutdruckerhöhende Medikamente habe ich fürchten gelernt.
Wie sie so dasitzt, hinter ihrem Schreibtisch, schief und krumm, ein Lächeln auf dem Gesicht, das das verräterische Blitzen und Funkeln der Brillenaugen keineswegs vergessen läßt, im weißen Kittel, mit Kettchen und Talismanen behängt, finde ich, fehlt eigentlich einzig noch der weiße Rabe auf ihrer Schulter, der weissagende Pfau.

Wenn ich mit ihr offen reden könnte – vielleicht würden meine Ängste vergehen, wer weiß.
Wenn ich meine Ängste nicht mehr habe, wozu dann in die Klinik zurück?

Also kann ich es gar nicht im Ernst wollen, die Kollegin, Hellseherin, Wahrsagerin noch viel weniger.
Am besten, ich setze mich patzig, tief in meinen Sessel, sehe unglücklich drein und sage: «Frau Doktor, ich fühle mich zwar beruhigt, aber enthirnt!»
Zu keiner ernsthaften, spontanen, geistigen Leistung fähig. Vermutlich sind schon meine Alltagsantworten auf Alltagsfragen konfus genug. Ich bilde mir zwar ein, daß ich still und ‹unauffällig› bin, wie die Ärzte sagen; wie alle Behördenvertreter mögen sie das: wenn einer unauffällig ist. Aber es bleibt mir eine gewisse Unsicherheit, mit der Unsicherheit ein Rest von Angst, *auch* unter der Einwirkung eines Medikaments, dessen angstlösende Wirkung besonders gepriesen wird.
Es bleibt das Entsetzen, wenn aus einer anonymen Menge unverhofft sich einer löst, auf mich zukommt, mich treuherzig begrüßt. Deshalb meide ich Städte, bleibe einstweilen unter meinen Bäumen, am See.
Ich weiß schon ganz genau, wofür meine Ärztin mich hält: ein Patient auf befristet-unbefristetem Urlaub.
Will es auch sein. Aber ich wehre mich dagegen, daß man mich als das behandelt, was ich bin.
Das war wohl schon immer so.
Seit fünfundzwanzig Jahren warte ich auf die Psychose, das Irrenhaus.
Zwanzig Jahre habe ich gewartet auf mein erstes LSD.
Zehn Jahre länger, so früh ahnte ich es, auf mein erstes Mo.
Diese ganze Zeit kommt mir vor wie ein Schneetreiben von Angst.
Wer Angst hat, lebt.
Joh. 16,33

Mit siebzehn spürte ich in mir den potentiellen Morphinisten, als ich Arthur Schnitzlers einschlägige Novellen las.
Erst mit siebenundvierzig war es soweit.
Ich hielt mich für einen Süchtigen, auf Schokolade, Opiat, Alkohol, Nikotin.
Stimmt jedoch, laut meiner Kollegin, gar nicht.
Ich sei vielmehr ein Depressiver, der sich mit ‹ungeeigneten Mitteln› behandelt hat, sagt sie.
Mit Alkohol, Speed, Opiat.
Alle drei nehmen die Angst und verstärken das Entsetzen, bis es in Panik umschlägt, dann nimmt man wieder von dem suchterzeugenden Zeug; ein Teufelskreis, wie jeder weiß.
Nur die Süchtigen selbst halten sich für gefeit.
Ich habe mir große, erhabene Gedanken gemacht über Sucht und über den Süchtigen, für den ich mich hielt.
Nun hat die Ärztin herausgefunden, daß es nicht zutrifft.
Der erste Ansatz zu selbständigem Denken, den ich bei ihr entdecke.
Ich bin ihr dankbar, obschon es nicht leicht ist, die großen, erhabenen Suchtgedanken aufzugeben zugunsten erhabener und großer Gedanken über die Depression, die ich haben soll.
Möglicherweise bin ich ein Depressiver, der süchtig, ein Süchtiger, der depressiv geworden ist.
Die Zukunft wird es lehren.
Ach ja, auch das könnte ich der Kollegin wieder einmal vorhalten: «Die Schlafkur, die eine Dämmerkur sein sollte, war viel zu tief!»
«Ihr Gedächtnisverlust», würde sie antworten, ich weiß

es, weil sie es jedesmal sagt: «Ihr Gedächtnisverlust geht auf Konto *Ihres* Delirs, nicht *meiner* Behandlung!»
Ich würde sagen: «Trotzdem ...!»
Einen Augenblick lang würden wir uns bös und drohend anfunkeln, dann würden wir lächeln, entspannt, als Komplizen – denn um das *Gedächtnis* geht es gar nicht; darauf allerdings, fürchte ich, kommt sie von sich aus nie, und ich sage es nicht: Es geht um etwas völlig anderes, die Erinnerung.
Um mein Leben, das mir nicht mehr gehört, in das jedoch ich gehöre und das ich zurückhaben möchte wie einen liebgewordenen verlorenen Gegenstand.
Könnte, wollte, müßte ich das meiner Ärztin genau erklären, ich würde ungeheure Schuldgefühle entfesseln bei ihr. Aber die Schuldgefühle der Mächtigen sind gefährlich: Sie entladen sich in Aggression.
Und ein Patient ist so etwas Sanftes, Gehorchendes, sogar in seiner geheimen, sklavenhaften Perfidie.
Wenn mir vor etwas graut, dann vor der lebenslänglichen Bosheit, Arroganz, Präpotenz, bis in die Gedärme und Knochen hinein, die man *im Leben draußen* braucht, nur damit man nicht überfahren wird.
Ich habe gelernt, mich zu panzern.
Ich habe jedoch erst in meinen Delirien gelernt, dieser Gesellschaft zu fluchen, für alles, was sie mir angetan hat, und meinem armen Gehirn.
Auch auf den Mut zu dieser Verfluchung habe ich gewartet, fünfunddreißig Jahre lang.
Doch *dann* brüllte ich los, wie ein Löwe, um nicht endgültig zu vergessen, daß ich nicht nur ein Lamm bin: *Vous boirez tous de mon café noir froid jusqu'à ce que vous vomissiez du sang!*

Das Gebrüll wurde registriert, die Verfluchung auch.
Die Verfluchung billigte man mir zu, weil ich ein Patient war, akut und so, und weil einer, der schreibt, wohl ab und zu solche Sachen sagt.
Das Gebrüll bat man mich, im Park abzuhalten, wegen meiner Mitpatienten, die sich in ihren subtilen Schlaf- und Dämmerkuren befänden – und schließlich handle es sich hier um ein *Maison de repos*, sagten sie.

4

Punkt sieben klopft der Lernpfleger, ein Spätberufener, an die Tür, tritt ein, wünscht einen guten Tag, trägt als erstes den Papierkorb zum Leeren vor die Tür: ein Akt, vergleichbar dem Besteigen eines Mercedes durch einen Weltpostdirektor.
Der Spätberufene sieht mich, wie jeden Morgen, frisch und aufmunternd an.
Dann und wann nannte er mich ‹Professor›, das habe ich ihm abgewöhnt: Ein Glas Wasser habe ich ihm an den Kopf geworfen, mit der größten Selbstverständlichkeit.
Ich bin kein Professor – weder Einstein noch Newton noch Freud. Ich bin der wahnsinnige alte König Saul.
Das braucht aber niemand zu wissen.
Darüber schweige ich.
Der Spätberufene zieht die Tür hinter sich zu.

Die Tagschwester, mit den Medikamenten, wünscht ebenfalls einen guten Tag.
Ich, wohlerzogen, ebenso: «Guten Tag!»
Die gleichartigen Medikamente für die verschiedenartigen Patienten, verschiedenartige Medikamente für die gleichartigen Patienten, stehen in Gläschen und bunten Schälchen bereit auf dem Tablett.
Ich schlucke, was die Gutentagschwester mir zu schlucken gibt, trinke einen Schluck Wasser hinterher. Auch das Wasser steht bereit, in einem Glas, auf dem Tablett.

Im Gegensatz zu meinen kranken Kollegen habe ich über die Medikamente keine eigene Meinung. Schlucke, was man mir gibt, glaube, was man mir sagt, spüre die heilende Kraft der Drogen, die man hier Heilmittel nennt: in mehr als einer Hinsicht ein vorbildlicher Patient.

Ich krieche aus dem Bett, wasche mich ein bißchen, mehr weil es sich so gehört; ich fühle mich staubtrocken und säuberlich an, nach den kurzen, narkotischen Stunden der Nacht.

Waschen, ohne hinzufallen.

Spontanes Rasieren später.

Das war nicht immer so.

Sie haben mich gewaschen und rasiert.

Ich ziehe den wollenen Morgenmantel mit dem Schottenmuster an, blau-grün, dezent.

Die dicken roten Socken.

Schlüpfe in die Schwedenpantinen; denn jetzt ist Tag.

Bevor ich zum Frühstück gehe, wechsle ich den Blumen das Wasser. Vielleicht hätte es die Spanierin für mich getan, obgleich die Blumen nicht ordentlich im Korridor standen.

Darauf ist kein Verlaß.

Ich habe mir angewöhnt, alles, was mir in den Sinn kommt, immer gleich ins Werk zu setzen; nur so fühle ich mich einigermaßen sicher im Spinnengewebe der kleinen Aktivitäten, meiner Welt.

Auf dem Korridor die Spanierin mit dem Staubsauger, einem lärmenden, brüllenden Apparat.

Die Spanierin und der Spinner lächeln und schreien sich gegenseitig ihr Guten Tag zu.

An der Wand, im Korridor, das Telefon.

Fast alles passiert im Korridor.

Meine Frau werde ich später anrufen. Dazu stellt die Spanierin jeweils sogar den Staubsauger ab.
Einmal, vor Unzeiten, muß ich eine halbe Stunde an dem Apparat gehangen haben, ohne Partner am Draht.
Mich friert, ich fröstle eigentlich ständig.
Das sind die unterkühlenden Medikamente, der darniederliegende Kreislauf, nicht ich.
Einige sitzen schon am Tisch, die Männer einigermaßen angezogen, die Frauen im Morgenrock.
Guten Tag – guten Tag – guten Tag!
Jeden Tag.
Schweigendes Mampfen und Schlürfen.
Dann und wann ein kleiner, hoher Entsetzensschrei: Konfitüre auf kostbaren Stoffen, welche Ungeschicklichkeit!
Das Entsetzen ist übrigens echt.
Ich setze mich abseits, mit meinem Frühstückstablett. Butter und Konfitüre lege ich auf Tiffs Teller hinüber. Er wird sich daraufstürzen, wenn er kurz vor Mittag erwacht. Beim Mittagessen stochert er dann mißmutig in den Speisen herum.
Schweigend breche ich mein Brot, schlürfe den heißen, miserablen Kaffee. Mit Milch schmeckt er noch ärger. Sadomasochistische Befriedigungen, diesen fürchterlichen, bitteren, zichoriegeschwängerten Kaffee zu trinken und sich nicht einmal zu beschweren!
Ich löffle, ohne Zucker, mein ärztlich verschriebenes Joghurt.
Gedämpfte Unterhaltungen an einem benachbarten Tisch.

Diskussionen über Joghurt.
Tag für Tag diese Diskussionen über Joghurt!
Manchmal leidenschaftlich, verbiestert und bös.
Die meisten ziehen insgeheim Früchtejoghurt vor, stark gesüßt, schimpfen jedoch über die miserable Qualität, die Unverantwortlichkeit des Zuckerns, den künstlichen Farbstoff, der Krebs erzeugen kann.
Wer den oder das Joghurt zuckert, geht, angesichts der Medikamente, die er ohnehin zu sich nimmt, sowie deren bekannten Nebenwirkungen, auf wie der liebe Mond.
Mein Magen revoltiert nicht mehr beim Essen, erinnert sich jedoch. Ein Magennervensystem vergißt nicht leicht.

Das Frühstück ist eine trübselige Angelegenheit. Daran hätte vermutlich anständiger Kaffee nicht viel geändert.
Keiner findet den Tag beginnenswert.
Von Zeit zu Zeit sieht eine Schwester herein und sagt ein aufmunterndes Wort.
Woher diese jungen Mädchen bloß die Kraft hernehmen, zu dieser unaufhörlichen Aufmunterung?
Das bleibt ihr Geheimnis. Es scheint ihnen nicht einmal schwerzufallen, nicht sonderlich schlechtzugehen dabei.
Sie sehen wohlgenährt und blühend aus; wenn man sie fragt, finden sie sich zu dick. Fressen zuviel, in den langen, langweiligen Stunden ihres Dienstes.
Oder es geht ihnen doch nicht so gut, sie brauchen die beruhigend-belebende Wirkung von Eiweiß, Kohlehydraten, Fett. Oder beruhigt schon das Essen als Akt?
Darüber wurde viel nachgedacht, aber wurde auch ernsthaft geforscht?
Die Zeit steht still.

Man kann natürlich etwas dagegen tun; nur braucht es so unvorstellbar viel Kraft.

Die Frühstücksgäste räumen ihre Tabletts weg, auch ich. Ganz einfach ist es nicht: Tellerchen zu Tellerchen, Löffelchen zu Löffelchen, Messer zu Messer, Täßchen zu Täßchen *und* die Tabletts mit den Abfällen in den bereitstehenden *Culinarius*, Wärmeschrank auf Rädchen. Ich weiß nicht, was mit Milch und Kaffee zu geschehen hat. Eine Kollegin hilft: «Lassen Sie nur ...»
Einmal wieder selbständig, selbsttätig sein!
Wozu? Die sanfte Betreuung ist angenehm.

Mein ganzes bürgerliches Elend am Telefon!
Zum Glück steht ein Stuhl bei dem Apparat. Ich kann ruhig schwatzen im Gang. Erstens hört niemand zu, zweitens versteht keiner meinen Dialekt.
Ich habe den Satz sorgfältig vorbereitet, in der Sprache, die ich nicht völlig beherrsche; stelle die Nummer der Zentrale ein, nenne meinen Namen, die Nummer meines Zimmers, dann die Nummer meiner Frau, die auch meine Nummer ist.
Meine Frau freut sich über meinen Anruf. Sie erzählt von den Blumen, den Kindern, davon, wer sich nach mir erkundigt hat.
Als ich den Hörer abhob, war ich noch voll Mitteilungsdrang. Nun fällt mir nichts ein, nichts scheint mitteilenswert, nichts mitteilbar. Was meine Frau berichtet, erreicht mein Ohr. Irgendwo, nehme ich an, wird es auch gespeichert und registriert.
Ich liebe diese Stimme. Ich rufe jeden Tag an. So kann es weitergehen, in alle Ewigkeit.

Sage, daß die Blumen noch immer schön sind. Sage allerdings nicht «die Blumen»; ich sage «die Tulpen und die Freesien», damit meine Frau erkennt, daß ich weiß, wovon ich rede.
«Ich habe nicht geschlafen, war bloß einige Stunden narkotisiert.»
Fürchte, das habe ich schon öfter gesagt.
Die Ärzte wüßten am besten, was gut für mich sei, meint meine Frau.
Das bestreite ich nicht.
Erzähle, daß ich Radio gehört habe, frühmorgens. Auch das habe ich gestern schon erzählt.
Ich würde gern von meiner ‹luziden Stunde› sprechen, sagen: Ich bin der alte König Saul … Aber wie soll meine Frau das verstehen, frühmorgens, am Telefon?
Kann sein, daß ich da übervorsichtig bin.
Meine Frau sagt, ich brauchte mir keinen Kummer zu machen, wegen meines luxuriösen Aquariums.
Ich mache mir aber Kummer!
Könnte jetzt, wo es mir deutlich besser geht, in ein Viererzimmer ziehen, meiner Meinung nach. Meine Ärztin will nichts davon wissen. Ich frage mich, weshalb.
Das Gespräch ist lang.
Erst als es zu Hause bei meiner Frau zweimal energisch an der Tür klingelt, brechen wir ab.
Ich weiß nicht mehr, wovon wir gesprochen haben, was sie gesagt hat, was ich.
Trotzdem bin ich auf den geglückten Anruf stolz.

Tiff schläft noch.
Ich sehe mich suchend um im Korridor. Zuhinterst, im toten Winkel, wo man nicht stört und wo keine Zugluft

hinkommt, sitzen die Damen in Peddigrohrstühlen, stricken oder sticken, oder sticken und stricken auch nicht.
Ein älterer Mann zündet eine Zigarette an der anderen an.
Ich setze mich zu ihnen, ein wenig erschöpft vom Telefonieren. Sie erkundigen sich nach Madame und den Kindern.
Ich sage, daß meine Frau das Haus besorgt, die Kinder in der Schule sind, im Gärtchen die Blumen blühen.
Alle finden das positiv.
Sie sprechen über Joghurt, über Eiweiße, Kohlehydrate und Fett. Daß die Kost zu reichlich ist. Daß man trotzdem immer alles aufißt. Daß man zunimmt an Gewicht.
Alle warten: daß der Tag vergeht, man sein Schlafmittel abholen kann bei der Nachtschwester; daß man gesund nach Hause entlassen wird; die Ärzte ausschwärmen, mit ihren spitzen Schuhen, den teuren Zigaretten mit Goldmundstück.
Warten auf die Tropfinfusionen, die gut sind gegen Depressionen und die das Gewebe überfüllen mit Flüssigkeit.
Ich kann mir das Nach-Hause-entlassen-Werden nicht vorstellen.
Endgültig.
In diesem Punkt bin ich stur, wie Tiff.

Nach dem Mittagessen laufen die Unverdrossenen die staubige Straße entlang bis zur nahen Stadt. Im Bootshafen zählen sie die Schwäne: fünfzig Stück.
Das klingt dann schon wie ein kleiner Forschungsbe-

richt. Wer keine Tropfinfusionen bekommt, geht am Vormittag bereits, emsig, auch wenn es regnet – so sehr wollen sie sich und den anderen beweisen, daß sie etwas Erstrebenswertes sind: normal und entlassungsreif.
Tiff und ich, wir spielen nicht normal, wir spielen lieber verrückt. Wir machen Propaganda dafür, sagen: «Bei dem Pensionspreis, den wir zahlen!»
Keiner hört auf uns.
Solange Tiff schläft, benehme ich mich einigermaßen wie die andern. Zu einem Spaziergang bis zur Stadt überreden lasse ich mich allerdings nicht, um keinen Preis.

5

15. Juli
Ich habe wieder den Frühstückskaffee gekocht, eingekauft, bin schwimmen gegangen in meinem kleinen grünen See, habe gegen Abend gerudert, mit meiner Frau. Das werde ich meiner Ärztin berichten müssen, Bedenken hin oder her; eine gewisse Aufrichtigkeit ist denn doch die Vorbedingung für eine gedeihliche Beziehung zwischen Arzt und Patient.
Andrerseits rauche ich noch immer zuviel, spüre über der Herzgegend einen stechenden Schmerz.
Es handelt sich dabei zwar um nicht mehr als ein leichtes Klemmen; werde jedoch festbleiben, behaupten: «Ich verspüre einen bohrenden, stechenden Schmerz.» Ich schränke ein: um die in der klassisch-klinischen Literatur beschriebene *erhabene Todesangst* der echten (schweren) *Angina pectoris* handelt es sich nicht.
Meine Ärztin wird es mit ihrer höflich-professionellen Aufmerksamkeit registrieren, ohne mich deshalb gleich einem Herzspezialisten zu überantworten.
Darauf verlasse ich mich.
Schließlich raucht sie selbst wie ein Schlot. Außerdem ist sie eine entschiedene Liebhaberin großer Syndrome.

Ich habe gelernt, den Kaffee in Riesenmengen schwarz und ungesüßt zu trinken, meist kalt, aufgerührtes Pulver. Die aufpeitschende Wirkung des Coffeins hebt selbstverständlich zum Teil die beruhigend-unterkühlende Wirkung des Thioxanthen wieder auf, was, wie es

scheint, medizinisch keineswegs unerwünscht ist.
Man gibt doch nie die Hoffnung auf, mit chemischer Anregung und gleichzeitiger Dämpfung des Organs Gehirn für den ganzen Organismus ein neues Gleichgewicht, auf einer neuen Ebene, einem tieferen *Niveau vital*, einen zumindest *erträglichen* Zustand zu finden. Die Ärzte bleiben unerschütterlich bei dieser absonderlichen Hoffnung, ihre Patienten erst recht.
Was man nämlich bei den Drogen sucht, ist nicht, wie die Betreuer und ihre Ideologen, die Forscher, meinen, *Euphorie*, ein Wohlbefinden, Glücksgefühl, und sei es noch so künstlich, im Gegenteil: Man nimmt die ungeheure *Dysphorie* der Opiate nachweislich in Kauf, nur um sich *anders* zu fühlen, als man sich *ohne* fühlt, um jeden Preis. Erst wer das Zeug trotz Entsetzen, Horror, Ekel schluckt und raucht und schnupft und fixt, ist ein Süchtiger. Wer Spaß dran hat, ist ein kleiner Fisch, allerdings einer, der möglicherweise ersäuft – weil er weder die Reserven noch die Substanz der großen Fische hat.
Gilt für jedes Suchtverhalten, das nicht den vollen Segen der Öffentlichkeit genießt und folglich den Sozialstatus hebt, wie Klettern, Tauchen und so.
Den Kaffee hat mir meine Ärztin noch nie verboten.
Vermutlich ist sie selbst längst abhängig vom Koffein.
Am besten, ich frage sie beiläufig danach.
Ein ordentlicher Patient stellt derartige Fragen nicht.
Andrerseits: Ist meine Ärztin nicht auch ein Mensch?

Ich achte auf meine Diät. Nicht umsonst habe ich wochenlang die Spinat-Eier-Kost genommen, die sie *régime Mayo* nennen, den elementarsten meiner suchtgefährdenden Triebe unterdrückt, den Freßtrieb; sind doch die

Auswirkungen der Neuroleptika nur zu gut bekannt: Man frißt zuviel, weil man sich erstens langweilt und weil zweitens die Freßzentren angeregt werden, oder die Antifreßzentren gedämpft, was auf das gleiche herauskommt; man bewegt sich zuwenig; der gesamte Stoffwechsel läuft, unterkühlt, auf niederen Touren.
Man nimmt zu wie der liebe Mond.
Das wollte ich nicht.
Und *sie* wollte es ebenfalls nicht. Sie konnte sich ausrechnen, daß meine Eitelkeit mich sehr rasch wieder in eine Abhängigkeit von Amphetaminen treiben würde, verließe ich die Klinik so erdrückend schwer.
Deshalb bestärkte meine Ärztin mich in meiner Mayo-Kur. So haben nicht nur wir Patienten, auch die Psychiater haben ihren Stolz!
Anzumerken ist, daß die Normalkost ungenießbar war.

Ich habe übrigens eine der depressiven Hausfrauen aus der Klinik vertrieben, mit meinem täglichen Mayo-Eiertanz. Meine Ärztin hat mich ermutigt dazu. Erst bemerkte ich's nicht, darauf handelte ich auf ihren ärztlichen Wunsch.
Die Depressive hielt es nicht aus, daß jedermann, insbesondere meine Ärztin, sich ständig um meine Diät kümmerte. Sie hätte freilich ohne weiteres dieselbe Diät bekommen können, und ihre Eier-Show dazu, hätte sie sich nur dazu entschließen können, die Eier dreimal täglich selbst zu sieden.
Und wäre sie nicht brandmager gewesen und hätte lieber ein wenig zugenommen an Gewicht.
Weder meine Ärztin noch gar ich Unschuldslamm hatten damit angefangen, den Eiertanz gegen die Depressi-

ve auszuspielen. Begonnen hatten ihre Kolleginnen, die anderen Ménagères hystéro-dépressives, wie ich sie taufte; das eben ist die Gefahr auf solchen Abteilungen, daß man unversehens in Spiele hineingezogen wird, die man gar nicht spielen will.
Als dann die depressiven Hausfrauen unter dem Einfluß der Antidepressiva überaktiv wurden, abenteuerlustig, aufgeregt und aggressiv, war ich meiner Haut nicht mehr sicher, zog mich mehr und mehr in den Park, bei schlechtem Wetter in meine inneren Parke zurück.
Das mußte dem Behandlungsplan meiner Ärztin zuwiderlaufen; denn eben die zwischenmenschlichen Beziehungen wollen wiedererlernt, wieder eingeübt sein, wenn man aus einem Delir oder einer Psychose erwacht. Genau dazu sind diese offenen, gemischtgeschlechtlichen Abteilungen da.
Kann sein, ich hätte mich doch besser in einer anderen Klinik behandeln lassen, wo mich ein gruppentherapeutisches Programm erwartet hätte, so ziemlich rund um die Uhr. Auch Träume sind dort ein Gruppenphänomen, auch der Schlaf.
Vielleicht wäre ich jetzt tatsächlich etwas weniger menschenscheu. Oder aber wirklich wahnsinnig geworden.

Ein Antibiotikum nehme ich übrigens ebenfalls, ein starkes, wegen einer alten, im großen ganzen harmlosen chronischen Infektion, von der ich zu befürchten vorgab, daß sie aufflackern könnte, sobald man mir das Opium entzog. Überdies hoffte ich, daß die Riesendosen des Antibiotikums mich derart auf den Hund bringen würden, daß ich gar nicht mehr fähig sein würde, Angst zu empfinden.

Bißchen pervers ausgedacht vielleicht, aber wirkungsvoll. Ein Delir ohne Angst konnte ich mir, nach allem, was ich wußte, nicht vorstellen; und ich hatte Angst vor dieser Angst.

Darüber habe ich mit meiner Ärztin gesprochen. Sie mußte zugeben, eine Zeitlang kannte sie sich nicht mehr aus; ich hatte tatsächlich zuwenig Angst.

Man sah mir *möglicherweise* mein Delir *und* meine Angst zuwenig an. Ich bin, in Gegenwart von Machthabern und Respektspersonen, in allen meinen Zuständen ein besonnener Mensch. Das hat mir zahllose Bußen, Gefängnis, im vorliegenden Fall die geschlossene Abteilung erspart. Ärzte und Schwestern verfielen schließlich darauf, ich müsse mir mein Opium auf geheimnisvolle Weise verschaffen. Sie ließen mein Mundwasser, mein Liniment, meine Zahnpasta sowie ein harmloses Medikament, das ich mitgebracht hatte, auf Opiat untersuchen. Die chemische Analyse stand dann auf der Rechnung. So erfuhr ich es. Ich hatte gar nicht an derartige Tricks gedacht, aber fürs nächstemal hatte ich etwas gelernt.

Ich reize meine Ärztin zum Widerspruch, indem ich auf meinen kleinen Schachzug mit dem Antibiotikum zu sprechen komme.

Sie sagt: «Die Schlafkur, die, wie Sie sagen, nur eine Dämmerkur sein sollte, war *vielleicht* zu tief, *aber:* dafür hatten Sie keine Angst ...»

Ich wage keinen Widerspruch.

Ich erinnere mich nämlich nicht.

Die vier Wochen nach der Schlafkur waren, auf höchst unreale, aber sehr wirkliche Art eine der glücklichsten Zeiten meines Erwachsenen-Lebens – in der alles ver-

goldenden, schwindenden Erinnerung: *die* glücklichste Zeit.
Meine Ärztin schreibt es mit größter Selbstverständlichkeit ihren Medikamenten sowie der Ausstrahlung ihrer Persönlichkeit zu.
Ich widerspreche ihr nicht.
Noch bin ich ihr ausgeliefert.
Ich tue, was ein Patient in derartigen Situationen tut: Ich lächle abgründig, servil und besserwisserisch zugleich.
Da gab es andere Faktoren, die meine Ärztin aus wissenschaftlichen Gründen unterschätzt – nicht so sehr der Schachzug mit dem Antibiotikum; der paßt noch durchaus in ihr im Grund naives, naturwissenschaftliches Weltbild.
Sondern: mein einfaches, im Innersten glückliches Naturell, *und* Tiffs Flötenspiel.
Der Flötenton ist beinahe das einzige, dessen ich mich aus der Schlafkur, die nur eine Dämmerkur hätte sein sollen, erinnere. Ich *spürte* (ich dachte ja wohl nicht), die Flötenmelodie sei hilfreich; sie gab meinem Delir ein Vorher-Jetzt-Nachher, damit verscheuchte sie die hereinbrechende Angst.
Musik ist nämlich im Leben der Wahnsinnigen eine gewaltige Kraft.
Die Flöte war, wie gesagt, eine ganz gewöhnliche Blockflöte, die Melodie einfältig, der Ton meist falsch. Der sie spielte, ein neunzehnjähriger Junge, ein Patient. Alle nannten ihn Tiff, die Abkürzung für David. Zumindest nahm ich das an.
Denn in meinen Delirien war ich, bei vollem Bewußtsein, daß es nicht wahr war, der alte König Saul.

Über etwas habe ich mit meiner Ärztin noch nicht gesprochen, über meine Impotenz.
Ich habe da eine gewisse Hemmung, *und* ich fühle mich eigentlich ganz wohl dabei.
Meine Ärztin würde mit einem übermächtigen, in seiner Übermächtigkeit gefährlichen Schuldgefühl reagieren.
Eventuell würde sie mich sogar ganz bestimmten, entsetzlichen Prozeduren unterziehen.
Schuld an meiner Impotenz sind offensichtlich ihre Medikamente. Weder Speed noch der bittersüße Saft des Schlafmohns hatten es geschafft.
Es ist übrigens nicht ohne Reiz, vor Frauen mit Impotenz zu prahlen; plötzlich kümmern sie sich liebevoll um einen, als könnten sie einem etwas Gutes zufügen, statt einen zu ihren geilen Zwecken zu mißbrauchen.
Ich war leider zu ungeschickt, Nutzen daraus zu ziehen.
Oder die schönen Schwestern sagten mir nichts, die zwei, drei offensichtlichen Anstaltshuren noch weniger, oder sie wollten allesamt nicht, oder wir fühlten uns zu sehr überwacht.
Oder: Ich hatte meine allerheiligste Phase und war der wahnsinnige alte Saul.
Später schwieg ich lieber, zog mich zu den gestohlenen Rosen in mein Zimmer zurück, zu den süßnarkotisch duftenden Päonien, die meine Frau aus dem eigenen Garten mir immer brachte, zu den Spielen, die ich spielte, I Ging und Tangram.
Nein, ich werde meiner Ärztin nichts davon sagen. Verlasse mich darauf, daß sie nicht davon anfängt.
Würde ausweichend antworten, sagen: «Oh, es geht ...»
Hintergründig lächeln, sagen: «In meinem Alter ...»
Darauf würde sie unweigerlich sagen: «Sie sind noch jung!»

Ich würde meinen Satz vollenden: «... ist das doch schon beinahe normal.»
Weiteren Diskussionen würde ich ausweichen.
Einmal, ein einziges Mal, habe ich die Diskussion darüber aufgenommen – um einer wesentlich ärgeren auszuweichen, ob ich nämlich selbstmordgefährdet sei.
Sagte: «Nachdem ich es verpaßt habe, jung zu sterben, bleibt mir gar nichts anderes übrig, als uralt zu werden.»
Sterben in mittleren Jahren – das ist so würdelos.
Weder Hoffnung noch Vollendung, halb Torso, halb Wrack.
Gelegentlich, ehrlich: sogar ständig, denke ich an die Möglichkeit eines Selbstmords. Es nimmt mir, ein wenig, die Lebensangst.
Aber ich bin einfach nicht der Typ dazu.
Obschon ich es mir nicht vorstellen kann, zum Beispiel, fünfzig zu werden.
Die Schrecken des Alterns, ohne weise zu werden. Ich fürchte jeden Tag, der mich einen Tag älter macht. Aber: ich habe auch Angst vor dem Tod.
Ein Selbstmord schafft den Tod nicht aus der Welt.
Es gibt allerdings Dinge, die fürchte ich mehr als den Tod, gewisse Torturen.
Darüber spreche ich nicht.

Ich habe nicht ausschließlich Angst vor dem Tod, sondern auch eine gesunde Neugier darauf.
Wenn ich dem Sterben am nächsten war, fühlte ich mich ganz leicht.
Seit meinem angstlosen Delir weiß ich erst, wieviel Angst ich mein Leben lang gehabt haben muß: vor jeder, aber wirklich jeder einzelnen Handlung des tägli-

chen Lebens, im zumindest äußerlich komfortablen, sicheren, geordneten Milieu.
Hinter jedem Schreibtisch hockte die Angst, hinter jeder Tür lauerte der Tod; schlimmer: *das Leben* mit allen seinen Möglichkeiten, seiner Angst und Qual.
Jeder, der auf mich zukam, den ich ansprechen, anrufen mußte, ein potentieller Folterknecht; und ehrlich – nach Hitler und Stalin, dem Vietnamkrieg, der Milliarde Opfer der Kolonialzeit und allem, was man nebenher, außerhalb der Schlagzeilen, erfährt: gab mir die hunderttausendjährige, blutige Geschichte der Menschheit nicht recht?

Meine Ärztin hat ein Kind.
Vielleicht hat sie viele Kinder, darüber sprechen wir nicht. Aber *ein* Kind ist so offensichtlich vorhanden, unübersehbar, der lebendige, unumstößliche Beweis, daß meine Ärztin nicht mir allein gehört.
Manchmal schaut es während *meiner* Sprechstunde zur Tür herein.
Ich könnte die Göre erwürgen.
Neben, selbstverständlich, den anderen Patienten, die auf den Korridoren lauern, die Zeit messen, die die Ärztin bei mir verbringt. Und denen, die ständig anrufen, wenn sie einmal Zeit hat für mich.
Darüber habe ich mich mit der Ärztin ausgesprochen, eine Verzweiflungstat.
Irgendeinen Erfolg dieser offenen Aussprache habe ich allerdings nicht bemerkt.
Vermutlich stoße ich hier auf das anstehende Gestein zwischenmenschlicher Realität.

6

Ich klopfte am Schwesternbüro, teile der Schwester mit, daß ich Zigaretten holen gehe, am Kiosk – artig wie der wohlerzogene Knabe, der ich im Innersten geblieben bin.
«Tiff schläft wohl noch?»
«Ich weiß.»
Weiß jedoch nicht, weshalb sie nach ihm fragt.

Die Schwestern wollen wissen, wohin man geht – seit sie mich bei meinem ersten Ausgang aufgeregt am See, *im* See gesucht haben.
Ich bin, an jenem Tag, aus meinem Dämmerschlaf so brutal und unvermittelt erwacht wie jetzt aus meinen fünf, sechs Stunden Plexonal-Schlaf, ohne Übergang, wie aus einer Narkose, habe mich angezogen, bin, völlig automatisch, zum Kiosk am ländlichen Bahnhof gepilgert, um meine Zigaretten zu kaufen, die Marke, die es nicht überall gibt; auf weichen Knien, an weißen Häuserblocks vorbei, die harte schwarze Schatten warfen in das grüne Gras, durch blaue Luft aus flüssigem Glas, scharf und kalt. In der hintersten Ecke eines Sandkastens duckte sich ein spielendes Kind.
Das Kind hatte offensichtlich vor dem vorübergehenden Irren Angst.
Die Luft ist inzwischen wieder alltäglicher geworden, entmaterialisiert, kein flüssiges Glas mehr, stahlblau, an diesem sonnigen Frühjahrstag. Ich sauge, saufe die Luft ein, denke: wie Champagner, grinse heimlich über den lächerlichen literarischen Vergleich.

Am Kiosk kaufe ich Zigaretten und ein wenig Schokolade für Tiff. Es wird schwierig sein, sie ihm zu geben. Ich werde mir etwas einfallen lassen müssen. Es soll nicht aussehen, als bemuttere ich ihn.
Manchmal sieht er verhungert und erfroren aus.
Trotzdem: Früchte wären besser für ihn als Schokolade.
Aber Früchte gibt es am Kiosk nicht.
Der Kiosk liegt zwar bloß einen Steinwurf außerhalb des Parks, aber Tiff begleitet mich nie, verläßt den Park nicht, dazu ist er zu krank.
Auf eine ätherische, substanzlose Art liebe ich diesen Jungen sehr.
Aber wie soll ich ihm helfen – weiter als bis zum Kiosk komme ich selber nicht ...
Mit der Luft sauge ich jetzt den Zigarettenrauch ein, tief, halte den Atem an, spüre die unaufdringliche Giftwirkung des Nikotins. Mir wird schwindlig. Ich lehne mich an einen Hag, nehme mich zusammen, gehe aufrecht weiter. Vielleicht ist Tiff inzwischen erwacht, der Gefährte meines Schweigens. «Copain de mon silence», so nenne ich ihn.
Tiff nimmt es hin, an allerhand gewöhnt; immerhin lebt er seit Jahren in diesen Häusern.
Der Korridor ist jetzt leer.
In meinem kalten, aufgeräumten Zimmer überfällt mich die Angst vor der stillstehenden Zeit.
Ich setze mich hinten im Gang in einen Korbstuhl, rauche. Wer raucht, tut wenigstens nicht *nichts*.
Tiff wurde, scheint es, inzwischen geweckt. Er malträtiert die Stereoanlage, die dem fetten Riesen Goll gehört, dem Trinker und Ätheromanen, der es im Augenblick wieder mit Arbeit versucht.

Ein Mal ums andere dieselbe Passage, klingt wie von einem Endlosband.
Die Gollsche Anlage wird abgestellt.
Tiff tritt aus der Tür, sagt «Salut!», ohne sich mir zuzuwenden, geht eilig durch den langen Gang, mit seinem hastigen, wie gebremsten Schritt, den eingezogenen, starren Schultern, dem langen, feinen blonden Haar, biegt nach links in das Eßzimmer ein.
Erleichterung, ein bescheidenes Glücksgefühl, daß er aufgestanden ist, «Salut!» gesagt hat, zum Frühstück geht – so wird es, denke ich, doch wenigstens *ein Tag* ...
Absichtlich langsam, als eile es nicht, gehe ich hinter ihm her, sehe ihm schweigend beim Frühstücken zu. Tiff schlingt, stochert ungehalten in der Konfitüre herum, als ginge alles zu langsam, einer, der eifersüchtig wacht über *seine* Zeit, wie ich; die Zeit, in der dann doch nichts geschieht.

Wir setzen uns zuhinterst im Flur hin. Ich rauche, obgleich Tiff das Rauchen verabscheut.
Tiff bittet um eine Zigarette, «um sie zu zerstören».
Klemmt der Zigarette das Filter ab, zerdrückt und zerreibt sie zu Staub.
«Ich tue etwas für deine Gesundheit.»
Ich nicke, einverstanden, wie ich bin.
Tiff spielt mit Feuerzeug und Zündhölzern, steckt alles in Brand, was er im Aschenbecher findet.
Ich sehe seinen schönen Jungenhänden zu, sie sind kräftig, zart, verspielt. Und wund.
Wenn ihm sonst nichts mehr einfällt, benagt er, frißt er seine Nägel. Seine Fingerkuppen sind an vielen Stellen verletzt. Der erstaunliche Gegensatz zwischen den schö-

nen, genialen Händen und dem traurigen, zerstörten Gesicht.
Ich: «Sollte wohl auch besser Nägel kauen, statt zu rauchen!»
Tiff grinst: Meine Hände sind tatsächlich nur zum Rauchen da.
«So geht es nicht!»
Aber dann nimmt er doch seine malträtierten Hände aus dem Mund, trommelt mit den Fingern auf dem Tisch.
«Gehen wir in die Ergotherapie?»
«Oh non», sagt Tiff, «ça m'dit pas.»
Es *sagt* ihm nichts.
Mir auch nicht.
Wäre aber trotzdem gern hingegangen, weil ich ein Gewohnheitstier bin.
Zeitweise habe ich den Jungen tyrannisiert, ihm meinen Tageslauf aufgezwungen, dann laufe wieder ich den ganzen Tag hinter ihm her, starre hypnotisiert auf seine Hände, sein Haar, seinen Gang, sein Gesicht; tue, was er will, gehe, wohin er will.
Tiff will nirgends hin, trommelt mit den Fingern auf dem Tisch und stampft mit den Füßen im Takt dazu.
«Gehen wir in den Park?»
Tiff will maulen, aber diesmal nehme ich ihn einfach mit. Wir gehen die fünfundzwanzig, dreißig Schritte bis zu der alten Libanonzeder, einem vorwiegend horizontalen Baum. Wir setzen uns auf die grüne Bank. Patienten, Angestellte schlurfen oder schreiten federnd vorüber, grüßen oder grüßen nicht.
Tiff trommelt mit den Fingern auf der Bank, stampft mit den Füßen den Takt dazu.

Ich rauche.
Schon nach Minuten gehen wir zurück, müde und enerviert.
Wir frieren beide jämmerlich, obgleich die Sonne brennt und die Zeder noch gar keinen Schatten auf die Bank wirft.
Das ist die Sonne der Thioxanthene, die verbrennt, was sie zu erreichen vermag, die Haut; die blendet, aber nicht wärmt.
Tiff, das muß ich hier wohl erwähnen, bekommt dieselben Medikamente wie ich, in derselben Dosierung wie ich.
Ich bin der Akutere, er der Kränkere.
So einfach ist das.

Sie haben Tiffs Lieblingsstuhl frei gelassen; sie sind gewarnt. Ich setze mich auf einen der modernen Hocker, obgleich mir einer seinen Korbstuhl anbieten will – oder war es eine Dame?
Ich lehne ab. Tiff bringt mit seinen pausenlos spielenden, tricksenden Händen, seinen aufreizenden, spöttischen Reden die strickenden, stickenden Damen in Wut.
Dann holt er wortlos die Flöte aus seinem Zimmer, spielt seine einfältige Melodie, stampft mit den Füßen den Takt.
Die Damen lächeln mütterlich.
Die Engelin Krankenschwester, Fachbereich Psychiatrie, schaut herein, stellt fest, daß einstweilen alles friedlich verläuft.

Wir sitzen zuhinterst im blinden Ende des Korridors,

praktisch dem einzigen Aufenthaltsraum; im Rücken das Fenster, läßt sich kippen, genau so weit, daß ein wenig Luft hindurchkommt, ein menschlicher Körper nie. Auf dem Sims, innen, lächerlich kleine Zimmerpflanzen in lächerlich großen Töpfen – blaßgrüne, gelbliche Geschöpfe, die aussehen, als schämten sie sich.

Man weiß auch nie, sind sie nun am Verdorren oder am Ersaufen, erhalten sie zuviel oder zuwenig Licht, bringt die Zugluft sie um.

Neben den Töpfen der Zimmerpflanzen ein Stapel alter Illustrierter sowie von Büchern, die Geheilte verachtungsvoll zurückgelassen haben.

Dann und wann blättert einer lustlos darin, nimmt sie angewidert zur Hand, läßt sie auf dem Tischchen liegen. Die kleine Spanierin räumt sie frühmorgens auf den Sims zurück. Täglich neu der ‹*Express*› aus der nahen Stadt, ein schier unglaubliches journalistisches Erzeugnis, in dessen Zerrspiegel die ortsansässige Bevölkerung sich die Welt betrachtet wie in einem Jahrmarkt-Panoptikum. Nichts von dem üblichen Charme von Lokalblättern, die über Lokales berichten, als sei das eigene Kaff der Mittelpunkt der Welt. Hier wird im Gegenteil über die Welt berichtet, als sei sie das Armenviertel der Stadt.

Tiff regt sich auf über das Blatt, obschon er höchstens Bildunterschriften liest.

Die Damen fühlen sich nach dem Frühstück verpflichtet, das Blatt mit spitzen Fingern zur Hand zu nehmen, hineinzusehen, als informierten sie sich. Dann legen sie es sorgsam gefaltet zurück.

Der alte Gewerkschafter hingegen klatscht es nach dem Lesen mit einer Bewegung auf den Tisch, die mehr als Worte sagt.

Nur die Schwestern, die nicht von hier sind, lesen unbeteiligt, aber gründlich in dem Blatt, gegen Ende des Dienstes, wenn die Stunden anfangen, unerträglich sich hinzuschleppen, um für Minuten den ewigen Diskussionen mit den Patienten, die sie *Pensionnaires* nennen, zu entfliehen.
Wir nennen es *diskutieren*, es sind aber eher Konsultationen, oder Klagen. Die Schwestern hören uns zu, mit schräggehaltenem Kopf, geben ausweichend Antwort, auch einmal unverblümt, direkt, wenn kein Glatteis zu befürchten ist.
Auf Glatteis tritt man hier fast überall.
Die Pensionäre haben die Neigung, über ihre Mitpatienten und Ärzte zu jammern und zu schimpfen, die Mitschwestern schweigen teilnahmsvoll, vergessen augenblicklich, was sie gehört, hören es sich am nächsten Tag erneut teilnahmsvoll an.
Die Ärzte haben ohnehin an ihren eigenen Problemen mehr als genug.
Die Ärzte wollen nicht zuhören.
Was braucht ein Patient mehr als eine Diagnose und eine Therapie, denken sie.
Was die Schwestern *darüber* denken, ist nicht herauszukriegen. Nur eine Ärztin ist völlig abgeschrieben, über sie wird offen gesprochen. Es ist Tiffs Ärztin. Sie hat einmal im Monat fünf Minuten für den Jungen Zeit, heißt es, vielleicht sind es zehn.
Sie hält jeden, der nicht studiert hat, für dumm, mit Ausnahme Unstudierter mit Geld und/oder Erfolg.
Tiff sieht meine Ärztin, wenn sie auftaucht, mit traurigen, sehnsüchtigen Augen an.

Vom Sitzplatz aus überblickt man den ganzen Korridor, bis zur Glasflügeltür, wo er sich trotz der ständig eingeschalteten Neonröhren im Düster verliert. Um den Glasflügeltürrahmen schlingt sich ein Philodendron, so häßlich, trist und verstaubt, daß einen Erbarmen mit der unerlösten Kreatur befällt.
In diesem Gang findet alles statt, was die Zeit markiert beschleunigt, unterbricht.
Dieser graue, trostlose Korridor *ist* die Zeit.

7

17. Juli

«Ich aber sage euch: Eure Maschinen werden vergehen. Ihr selbst werdet sie zerstören. Denn die großen Maschinen zertrümmern die kleinen Maschinen, zuletzt vernichten die großen Maschinen sich selbst.
Der Rost wird sie fressen.
Ihr werdet mit euren Maschinen zugrunde gehen. Denn ohne eure Maschinen könnt ihr nicht leben. Die Todesmaschinen, die ihr zum Leben braucht, werden euch zerfleischen.
Die Würmer werden euch fressen, allesamt.
Denn ihr zählt nicht, ihr seid nichts als eine späte, blinde, zerstörerische Laune der Natur ...»
So verfluchte ich mein eigenes Geschlecht, um seiner Untaten, um seines blinden Fortschrittsglaubens willen, wenn ich der wahnsinnige alte König Saul war.
Ich sprach in den Wind.
Der Wind kam von Westen, die Wogen gingen hoch, schlugen über den Steg, Tiff und ich wurden beide naß.
Ich sprach noch ganz andere grandiose Verwünschungen in den Wind.
Tiff verstand kein Wort davon. Ich sprach in meinem Dialekt. Er muß geglaubt haben, ich rede in Zungen, singe in den Wind.
Er fragte nie danach; und ich erklärte es ihm nicht.
Meine Ärztin erpreßt mich. Sie wird, sagt sie, die depressiven Hausfrauen geheilt und nach Hause geschickt haben, eine schöne, kluge junge Inderin wird auf der

Abteilung weilen, zum ersten August, dem Nationalfeiertag – dem Tag meines Wiedereintritts in die Klinik. Die Kollegin unterschätzt mich: Ich mißtraue solchermaßen versprochenen schönen, klugen jungen Inderinnen sehr.
Auch Tiff, sagt sie, wird noch da sein, nach menschlicher Voraussicht. Fragt sich bloß, was das in seinem Fall bedeutet.
Seine Krankheit verläuft anders als die meine. Tiff ist nicht geschlagen mit dieser fast lebenslänglichen Normalität.
Die ich *spiele*, so perfekt, wie sie von Natur kaum sein könnte, bis zur nahezu vollkommenen Unauffälligkeit.
Ich kann nicht mehr zurück, das habe ich meiner Ärztin gestern, in der Sprechstunde, gesagt. Zurück ins Irrenhaus schon; es wird bloß alles staubig sein, grau in grau.
Im Frühjahr war es anders: Der See leuchtete, die Wälder waren grün und tief, umfangend wie ein Meer.
Dahin kann ich nicht zurück. Aber das versteht die Dame wohl nicht.
Ich habe ihr alles geschildert, lebhaft und plastisch – mein ganzes kleines Leben, mit seiner täglichen Freude, seiner alltäglichen Angst. Daß ich schwimme, rudere, Kaffee aufgieße, Einkäufe besorge, alles mit einer gewissen Lust.
Die Räbin mit dem weissagenden Pfau findet, ich hätte schöne Fortschritte gemacht, und ich finde das ja auch. Ändert allerdings nichts an ihrem festen Vorsatz, mich in die Klinik zurückzunehmen, ins Irrenhaus.
Eindringlich redet sie mir ein, ich überanstrenge mich.

Sogar, daß ich an dieser Aufzeichnung schreibe, habe ich

ihr gebeichtet, in dem blödsinnigen Wahrheitsfimmel, der mich in solchen Situationen befällt.
Sie zuckte mit keiner Wimper, fand das prima. Am besten, meinte sie, würde ich in der Klinik mit Schreiben fortfahren. Sie möchte, das Werkchen entstünde in der Klinik, würde ihr (heimlich) gewidmet sein.
Sie wäre die Muse des Herrn W.
Diese Vermutung äußere ich lieber nicht.
Ich verschweige ihr auch, daß ich mit den beiden Mädchen, meiner Tochter und ihrer Freundin, die Storchenkolonie besucht habe, Punkt 438, Karte 1:100 000, zwei Kilometer WNW von Avenches, sowie die Vorbereitungsarbeiten des Schweizer Fernsehens für ‹Spiel ohne Grenzen› in Aventicum selbst, Hauptstadt der römischen Schweiz.
Ich greife, im Gegenteil, zu meinem stärksten Mittel, sage: «Ich möchte gesund sein …»
Ganz plötzlich hatte ich genug von der ganzen Depression und Hypochondrie. Genug davon, von Arzt zu Arzt zu laufen.
Sie sehe, sagt sie, eben wenn ich tatsächlich gesund werden wolle, den Wert eines neuen Aufenthaltes in ihrer Klinik.
Ich nicht.
Kann ihr jedoch diesen therapeutischen Optimismus nicht ausreden. Hätte ich bloß nicht angefangen damit – daß mich das Kranksein zu langweilen und zu ermüden anfängt!
Daß ich im Innersten möglicherweise, trotz allem, was dagegen spricht, noch immer gern in die Klinik zurückmöchte, weiß sie ja auch, glaubt es wenigstens zu wissen, schildert mir unermüdlich die Vorzüge der Institution.

Ich, mit drohendem Unterton: «*Noch* käme ich nicht allzu ungern zurück!»
Sie, unbeirrbar: «Es ginge nicht um Medikamente, vielmehr um Psychotherapie *durch* die Institution ...»
Sie muß etwas gelesen oder einen Fortbildungskurs besucht haben.
Ich widerspreche nicht.
Es wäre entschieden zu riskant.
Wenn ich sie ernstlich erzürne, nimmt sie mich vielleicht gar nie mehr auf.
Ich kann ihr auch nicht sagen, daß ich fürchte zurückzufallen, sobald ich in der Spinnwinde bin. Denn allzugut glaubt sie zu wissen, daß ich allzugern zurückfallen will – nur um eine kleine Stufe, ein winziges Stück. Bloß ein bißchen kindisch sein dürfen, sich eine Spur gehenlassen, bei dem Pensionspreis, den man schließlich bezahlt!
Die Ärzte nennen das ‹Regression› und glauben an deren therapeutischen Wert.

Ja, ich will zurück; eines Tages, teile ich der Dame mit, werde ich es auch tun: zurück in meinen Glückszustand, das Delir. Um den Preis der Psychose, der Hirnschädigung, ohne Rücksicht auf Verluste, werde ich mir eine ‹Habit› spritzen, nur um dieses Entziehungsdelir noch einmal zu haben.
Sie geht ärztlich-höflich-aufmerksam, spürbar besorgt, ein auf meine verrückte Idee.
Lauter Wasser auf ihre Mühle!
«Morphium», sage ich ohne Rücksicht auf ihre Sprachkenntnisse, «Morphium ist ein *Restless tiger in a dark hollow.*»

Sie nickt.
Noch sind meine Möglichkeiten nicht erschöpft: «Das nächstemal», sage ich, «das nächstemal werde ich es anders machen, möglichst kurz. Zwei Monate spritzen wie verrückt, und dann zur Entziehung ...»
Sie nickt und nickt.
«Gar nicht übel», sagt sie. «Möglichst schmerzlos, möglichst kurz.»
Ja, nächstesmal werde ich den Horror der grauen Verstimmung, Stunden nach der Injektion, nicht durchstehen, sofort wieder spritzen, wie ein Profi, zehnmal am Tag.
Jeden Morgen zitternd auf den ‹Turkey› warten, wie sie es nennen, damit ich zurückkann, in die Klinik, mein schönes Delir.
Über eines sind wir uns einig, meine Ärztin und ich: Diesen Fall müßte man publizieren, in einer Fachzeitschrift. Denn üblich ist das Gegenteil: Heroinisten lassen sich entziehen, um den Kick des Neueinstiegs zu haben.
Wir sprachen selbstverständlich auch über meine Familie. Eine fröhliche und faszinierende Equipe, findet meine Ärztin, finde ich ebenfalls.
Sie versteht nicht, weshalb ich mir so schwertue, zu meinen Leuten zurückzukehren.
Habe ich das denn in der Hand? Natürlich nicht.
Als Ärztin pflichtet sie mir bei, aber als Frau, das spüre ich, versteht sie mich nicht.
Trotzdem: Ich muß mich an sie halten, habe keine Wahl. Ferien nimmt sie auch noch. Das beunruhigt mich. Meine chemische Milchflasche, das Thioxanthen, allein genügt mir nicht, noch nicht.

Und die Möglichkeit, jederzeit auf der Abteilung herumzuschwatzen, in der Ergotherapie Monster aus Ton aufzubauen, genügt mir erst recht nicht. Auch nicht der Park.
Ich will, ich brauche ihre ärztliche Psychotherapie.
Eventuell darf ich sie während ihres Urlaubs aufsuchen, an einem Regentag.
Ich finde, daß sie zu gütig ist.
Sie sagt, daß ich für sie nicht unbedingt Berufs- und Arbeitsatmosphäre bedeute.
Danke für die Blumen.
Ich bin nicht ihr Clown!
Meine Ärztin beeilt sich, mir so beiläufig wie möglich zu verstehen zu geben, daß sie es nicht so gemeint hat. Sie nimmt mich als Kranken ernst, erst recht als Mensch.
Ich finde, sie wiederholt sich.
Wir rauchen beide zuviel.
Tiff ist eine Beziehung ohne Anfang. Genauer: Ich erinnere mich nicht.
Dadurch ist es so, als hätten wir uns immer gekannt.
Die Doktorin lächelt aufmunternd.
Von Tiff wollte ich nicht sprechen, aber sie hat Zeit, viel Zeit, diese Zeit will ausgefüllt sein.
Es gibt selbstverständlich nicht nur ärztliches, auch patientliches Schweigen. Man hält es nicht lange durch.
Vermutlich war alles ganz einfach. Ich belegte den Jungen mit Beschlag, in meiner seltsamen, enorm vergeßlichen Überbewußtheit. Oder eine der Schwestern sagte: «Tiff, begleiten Sie doch Herrn W. ein wenig in den Park ...»
Ich brauchte Betreuung, hätte im Park verlorengehen

können, einfach stehenbleiben, unter einer Wellingtonia, stundenlang, tagelang, in alle Ewigkeit. Der See war gefahrlos. Ich fror ohnehin.
Gut, Tiff hat mir geholfen, mit seinem Flötenspiel.
Die Kollegin nickt aufmunternd.
Das *weiß* ich einfach, obschon ich es nicht belegen kann.
Als ich erwachte, war er einfach da, ein Geschenk des Himmels, als wäre er immer dagewesen.
Nichts von geheimnisvoll übersinnlicher Erfahrung. Ich hatte ihn bloß gesehen, wie er Flöte spielte, im toten Winkel des Korridors, ich geisterte ja ständig auf dem Flur herum.
Nein, Tiff war schon eine ganz sinnliche Erfahrung.
Das Wissen wird bloß geheimnisvoll durch die enorme Vergeßlichkeit. Wodurch die simpelste Erinnerung zu einer *Ahnung* wird.
Ich adoptierte den Jungen, als Sohn, als Gefährten meines Schweigens; und er adoptierte mich. Der Vorgang wurde selbstverständlich peinlich genau verfolgt. Sie machten sich sogar Gedanken darüber, ob es zu verantworten sei.
Dann ließen sie's geschehen, halb aus Überzeugung, halb aus Bequemlichkeit.
Ich war uralt, Tiff machte kein Hehl daraus. Zum erstenmal fühlte ich mich in meinem Alter wohl und stark.
Gedanken an eine persönliche Zukunft verschwendete ich allerdings nicht.

Ja, ich muß auf ebenso banale wie vorbestimmte Art an den Jungen geraten sein.

Wir können uns vielleicht etwas vorstellen, das ohne Ende ist – das ‹ewige Leben› zum Beispiel, das wünschen wir uns.
Aber etwas ohne Anfang ist unvorstellbar.
Wo die Kenntnis des Anfangs fehlt, springen Schöpfungsmythen ein, oder die Evolutionstheorie, die Neue Religion, wie Sir Julian Huxley meint, der es wissen muß – reine Fortschrittsmythologie; unermüdlich wirkende Naturkraft, von den Ballungen und Entwirrungen der Gestirne, über physikalische, chemische Phasen zur Amöbe, zum Maschinenzeitalter, zur Kybernetik, zu einer Menschheitskatastrophe, die mit denselben Mitteln, die sie bewirkt haben, auch aufgefangen, vermieden, repariert werden soll.
So weit die Religion von Leuten wie Sir Julian.
Die alten Schöpfungsgeschichten waren höflicher, behutsamer, nachdenklicher. Außer der aufsteigenden gab es eine absteigende Tendenz, von den Göttern über vorweltliche Wesen mit riesenhaften, engelhaften Möglichkeiten, bis hin zum Menschen – schwach, elend, auf seiner Hände Arbeit verwiesen, im Schweiße seines Angesichts, wie er mindestens seit der jahwistischen Version des Sündenfalles nachweislich ist.

Ich las, mit meinen thioxanthenblinden Augen, im Popol Vuh, dem heiligen Buch der Maya, zwang mich dazu, hielt das Buch dicht an die brillenlosen Augen – dachte wohl, daß man von einem, der Bücher schreibt, erwartet, daß er auch liest. Bei den Maya glückte die Schöpfung des Menschen, des zwiespältigsten der Geschöpfe, erst beim vierten Anlauf. Eines der Nebenprodukte waren die Affen.

Die Maya fanden aber auch eine rücksichtsvoll-zärtliche Erklärung für das traurige Geschick der Tiere: Weil die Tiere die Namen der Götter nicht anzurufen verstanden, war ihre Bestimmung, gejagt, getötet, gefressen zu werden.
Soviel Federlesens machen bekanntlich die Bücher Moses nicht mit den Vögeln, den Fischen und dem Vieh.

8

Ella, fett, mit wallendem Haar und wallenden Gewändern, mehr behängt als bekleidet. Ella mit den großen, leuchtenden stahlblauen Augen.
Manchmal blicken die Augen verwundert und verwundet wie die Augen eines Säuglings, der aus der Wiege gefallen ist.
Dann wieder blicken sie hart und berechnend, oder verwirrt.
Ella schwebt durch den Gang, vom Winde verweht, trotz ihrem ungeheuren Gewicht, Gast aus einer anderen Welt, die Gitarre unter den Arm geklemmt.
Sobald sie nahe genug heran ist, fängt Tiff an, auf seiner Flöte zu spielen, laut und falsch, stampft den Takt dazu, daß die bleichen Zimmerpflanzen zittern.
Die Damen regen sich auf.
Mir gefällt's.
Nebenbei hält Tiff mir Ella vom Leibe, die ständig etwas zu jammern, zu klagen, zu fragen, zu dolmetschen hat – weil ich der bin, der ihren Dialekt versteht.
Was die Ärzte mit ihr treiben, ist die reinste Veterinärpsychiatrie.
Die Damen reden auf Tiff ein, beinahe schlagen sie mit kleinen geballten Fäusten auf ihn ein.
Tiff hört mit seinem Geflöte auf, schnauzt Ella an: «Spiel!»
Ella, weinerlich: «So kann ich doch nicht ...»
Sie hat einen empfindlichen, oft geröteten Hals; um diesen Hals gewickelt einen hauchdünnen indischen Seidenschal.

Bevor sie einen Ton singen kann, müssen sämtliche Fenster und Türen geschlossen sein.
Sie klimpert auf ihrer verstimmten Gitarre.
Singt mit scherbelnder Stimme ein Lied von Joan Baez.
Tiff stampft und trommelt den Takt dazu.
Ella, den Tränen nahe: «So geht es doch nicht!»
Tiff sieht sie forschend an, überzeugt sich, die mühsam zurückgehaltenen Tränen sind echt.
Nun schlägt er vor, sie sollten zusammen spielen, sie auf der Gitarre, er auf der Flöte.
Ella, schon wieder erholt, geht für einmal gnädig auf seinen Vorschlag ein.
Leider erweisen sich die *Etats d'âme* als unvereinbar. Ich dolmetsche, so gut es geht.
(Es geht nicht gut.)
Sie einigen sich *scheinbar* auf ein bestimmtes Stück.
Ella spielt die einleitenden Akkorde.
Tiff setzt, mit der Flöte, rücksichtslos in einer anderen Tonart ein.
Ella jammert, unterbricht.
Nach einer Weile nimmt auch Tiff sein Instrument vom Mund.
Sie beschimpfen sich.
Ella fängt noch einmal an.
Tiff spielt einen Marsch.
Während Ella ihre Gewänder rafft, die Gitarre unter den Arm nimmt, im Dämmer des Korridors verschwindet, spielt Tiff das Marschlied zu Ende.
Er hat gesiegt.

Ella wird wiederkommen. Sie ist zwar lästig, aber sie gehört zum Korridor.

Sie wird sich wieder hinsetzen und den Anfang eines Liedes von Joan Baez spielen. Es wird wieder nicht gehen.
Ella beklagt sich bei den Schwestern über Tiffs Grobheit, zu Recht. Ich höre zu, aber ich dolmetsche nicht. Wenn Ella sich über Tiff beklagt, übersetze ich nicht.
Sie redet umschweifend, mäandrisch, ohne jede Rücksicht auf ihren Wortschatz, französisch; die Schwestern verstehen sie kaum.
Um sie loszuwerden, geben sie ihr recht.
Aber in ihrem Herzen geht es den Schwestern wie mir: sie lieben Tiff.

Es ist noch immer früh am Tag.
Es ist schwierig, einen Tag zu beginnen. Man fängt zu früh damit an.
Die Nachmittage sind zäh – nur die Abende können gar nicht lange genug sein, für mich.
Tiff mag nicht, begleitet mich dennoch in den Park.
Kann sein, daß die Schwestern zu ihm gesagt haben: «Tiff, begleiten Sie doch Herrn W. in den Park!»
Ich hätte verlorengehen können, immer noch.
Daß Tiff und ich zusammenkamen, war die selbstverständlichste Sache der Welt, logische Folge unserer Einsamkeit. Wir *sind* nun mal, so verschieden unsere Diagnosen liegen, die beiden schwersten Fälle der Abteilung. Mit Ausnahme von Ella, versteht sich, Ella ist ein hoffnungsloser Fall, *und* der fetten jungen Indonesierin, die unheilbar ist. Tiff und ich, wir spielen nicht normal, wir spielen verrückt.
Sofern und soweit es *gespielt* ist.
Frage der Definition von ‹Spiel›. Aber auch von Dingen,

die man als real hinnehmen muß wie: unbeeinflußbare Verhaltensweisen, Denkstörungen, Trugwahrnehmungen und so. Daß Tiff mit seinem Flötenspiel meine Delirien beruhigt hat, mag wunderbar sein oder ans Wunderbare grenzen – *neu* ist es nicht: «Wenn nun der böse Geist über Saul kam, nahm David die Laute und spielte; dann wurde es Saul leichter und besser, und der böse Geist wich von ihm.»
(1. Samuel 16,23)
Ich nenne ihn den Gefährten meines Schweigens, dabei schwatze ich pausenlos.
Er schweigt.
Wir gehen an der Libanonzeder, der Wellingtonia vorbei, durch die kleine Gärtnerei. Ich schlurfe mit den schwedischen Pantinen, die mir sehr schwer vorkommen, Tiff hat seinen lautlosen Schritt. Ich versuche, dem Jungen die Erfahrungen meines Lebens mitzugeben, was sich als schwierig erweist.
Ich dramatisiere.
Ich stelle mein ganzes Elend plastisch dar. Mir kommen lästige Tränen, aus Selbstmitleid, oder aus einer kaum zu beherrschenden inneren Erregung heraus.
Tiff beachtet die Tränen nicht.
Vielleicht hört er gar nicht zu.
Einen Augenblick bleiben wir im ‹Jardin français› stehen, lehnen uns über die barocke Balustrade, sehen hinaus, zum See, zum Himmel, in die Unendlichkeit, über den grünenden Uferwald, mit seinem tausendfältigen kleinen Leben, hin.
Ich brülle, laut.
Brülle noch einmal, crescendo, ein drittes, ein viertes Mal.

Stille.
Tiff lacht lautlos.
Ich erkläre es ihm: «Damit ich nicht vergesse», sage ich, «daß ich ein Löwe bin, nicht *nur* ein Schaf!»
Wir steigen hinunter zum See, alles blüht, die hohen Pappeln treiben ihr klebriges Laub. Jeder Baum kommt mir vor, als hätte ich ihn noch nie gesehen, wie am ersten Tag. Der stahlblaue Himmel strahlt, entfacht ein Feuer in meinem überreizten Gehirn.
Auch dieser Tiff an meiner Seite: geht neben mir her, als wäre noch nie ein Mensch neben mir gegangen.
So fremd und so nah.
Das sage ich nicht.

Tiff weist mit der Hand auf den Sarkophag des Stifters der Institution, der mitten auf der Wiese aufgestellt ist, die vom gelben Hauptgebäude hinunterführt zum See; man sieht die Schneise, das gelbe Irrenhaus, majestätisch, klassizistisch, vom Seedamm am gegenüberliegenden, südöstlichen Ufer aus. Wenn man sehr scharf hinblickt, ein starkes Fernglas verwendet, bemerkt man den hellen Sarkophag.
Die Nachfolger liegen bescheiden, unter bemoosten Steinen, im Wäldchen nebenan.
Der kurze Weg durch den Auwald führt buchstäblich in die Unendlichkeit. Dann hört er plötzlich auf.
Tiff fragt erst nach einem kleinen Vogel. Dann fragt er nach Gott.
Ich erschrecke – so sehr habe ich mir abgewöhnt, die Lebewesen zu benennen.
Sie haben keine Namen, brauchen nicht unbedingt zu *heißen*, wie sie benannt sind.

Dann fällt mir der Name des kleinen Vogels ein.
Tiff: «Ich kenne die Namen der Vögel nicht», sachlich, als meine er genau das, was er sagt.
Weder Verachtung noch Bewunderung für einen, der die Namen der Vögel weiß.
Wieder Tiff: «Und die Bibel – glaubst du daran?»
Ich will etwas ungeheuer Kompliziertes, Mäandrisches sagen; alles, was ich je gelernt, gedacht, gelesen habe, drängt sich auf meine Lippen.
Aber Tiff sagt einfach: «Ich glaube daran. Ich glaube an die Apokalypse ...»
Weltuntergang und Offenbarung. Weltuntergang als Offenbarung.
Wenn der Weg, die Wahrheit und das Leben wiederkommt.
Tiff zählt die vorhandenen Anzeichen auf: die ganze Technologie, die Zunahme der Gewalttätigkeit, aber auch «die schönste Musik, die es je gegeben hat, Pop.»
Klassik, scheint es, sagt ihm nichts.
Wie es geschrieben steht – je nachdem wie man es liest ...
«Vorher», sagt Tiff, «vorher kommt ein großer Welt-Diktator.»
«Wer?»
Wir grinsen. Von Welt-Diktatoren halten wir beide nichts.
Tiff malt seine Apokalypse aus.
Die Gewißheit des kommenden Untergangs verleiht ihm eine merkwürdige Sicherheit, verunsichert mich.
Endlich sage ich: «Jedenfalls ist es besser, auf einen Weltuntergang zu warten als auf den eigenen Tod.»
Oder würdiger.

Keine Ahnung, ob Tiff mich versteht.
Ob unsere Welten sich decken, manchmal, oder nur berühren, am Rand.
Wenn ich bei Trost bin, weiß ich ja auch, daß wir uns genausolange verstehen, als wir so sind, wie wir sind, auf eine ähnliche Art krank: eine Folie à deux.
Dann kommt mir der Junge wieder vor wie einer, den man immer gekannt hat.
Tiff, ein bißchen spöttisch, aber auch ernst: «Vielleicht», sagt er. «Vielleicht sind wir uns im Raum begegnet ...»
Was immer das bedeuten mag.
«Hast du», wieder ich, «Gott gesehen?»
Tiff, nachdenklich: «Höchstens seinen Schatten, nur sekundenlang.»
Trotzdem, er zweifelt nicht mehr an Gott.
Hat Gott gefunden, in den Tiefen seiner Umnachtung.
Ich wundere mich und schwatze. Tiff hört kaum zu.
«Du mußt ein ganz besonderes Wesen sein, mit deiner unmittelbaren Beziehung zu Gott.» Und nach einer Pause: «Ein Engel vielleicht.»
Tiff sieht mich nicht einmal staunend an.

Der See leuchtet; nur aus der Nähe sieht man den ganzen Dreck der nahen Stadt, der in der Bucht angeschwemmt worden ist.
Über dem See das Dunstblau, das man aus Träumen kennt. Surrealistenblau, wie über einen Jetflügel hinweg.
Mich friert in der brennenden Sonne.
Nebenan die Wiege der keltischen Kultur.
Wir schweigen.
Tiff zeigt in die Richtung seiner Heimatberge, die man nur abends und bei Föhn manchmal sieht.

Tiff hat Heimweh, aber er kann nicht zurück.
Fürchtet die gedankenlose Brutalität seiner ehemaligen Kumpane, ihre unmäßige Normalität, möchte kein Ausgestoßener sein, kein Narr, mit einem Niemandsland zwischen ihnen und ihm. Er wird es lernen. Man muß lernen, es zu *wollen*.
Tiff wendet sich ab und rennt über die Wiese zurück; ich keuchend hinterher.

Mittagessen, auf Tabletts, aus silbernen Türmen, dem Warmhalteschrank Culinarius.
Jeder hat sein eigenes kleines Menü-Dessert oder keins, Diät oder normal, wenig oder viel, Früchte oder Joghurt.
Ein wenig wird hier Hotel gespielt, Familienpension.
Die meisten haben träg auf das Essen gewartet. Nun essen sie hastig, ohne Lust, als verpaßten sie etwas.
Alle geizig geworden, scheint es, mit ihrer Zeit zum Gar-nichts-Tun, erwarten dennoch, daß etwas geschieht.
Wenn gesprochen wird, bei Tisch, dann über das Essen: versalzen, zu fad, zuwenig, zu fett, zu schlecht. Tiff stellt sein Tablett hin, verschwindet.
Mich schickt die Schwester zur Siesta auf mein Zimmer.
Ich kann nicht ruhen, bin zu sehr irritiert, aber *tun* kann ich erst recht nichts.
Ich höre ‹Midi musique›, wundere mich, wie sehr klassische Gitarre zu Konzertzwecken Mode ist.

9

20. Juli

Meine Ärztin hat recht: Ich bin viel kränker, als ich gern wahrhaben möchte, krank auf eine völlig andere Art, oder: es ging mir bislang in Anbetracht der tatsächlich bestehenden Krankheit viel zu gut.

Jetzt geht es mir schlecht.

Ich tyrannisiere meine Familie, hocke untätig herum, würge jede Fröhlichkeit ab, verhindere jede Aktivität, nehme allen den Schwung.

Depression ist ansteckend; man kennt die Krankheit, das Virus nicht. Man weiß auch nicht, was dagegen tun. Macht eine Tugend aus der Not, behandelt Symptome, die kaum zu fassen sind, deren Heilung nicht zu beurteilen ist, kommt sich groß vor, modern.

Ich ertrage Antidepressiva nicht. Meine Ärztin weiß es, glaubt es jedoch nicht. Die Antidepressiva stehen am Horizont wie schwarzes drohendes Gewölk.

Daß ich nicht mehr schwimmen gehe, mag an dem Kälteeinbruch liegen, der das leuchtende Hochsommerwetter abgetötet hat wie ein Bohrer in einem Zahn den Nerv. Meisen wispern winterlich durchs Gelände, die Mäuse kommen hordenweise ins Haus, der See ist kalt und grau.

Ich werde meiner Ärztin sagen, daß ich entschlossen bin, wieder einzutreten.

Sie wird vorsichtig nicken, sich den Triumph verkneifen; sonst wird nichts daraus.

Sie hat aus Erfahrung gelernt.

Weil ich das weiß, werde ich auch ihr vorsichtig zustimmendes Nicken mißtrauisch beobachten, ihrer diskret gedämpften Stimme sehr genau lauschen, wenn sie behauptet: «So hatten wir es doch abgemacht ...!»
«So, hatten wir das?»
Haben wir selbstverständlich nicht!
Ich bin auch haargenau der Fall, der noch einmal davongekommen ist, den man auf gar keinen Fall wieder hospitalisieren sollte, wegen der rapiden Gewöhnung an Verantwortungslosigkeit und Überbesorgtheit, die rasch zur Abhängigkeit führt, zur Sucht.
Ich werde ihr sagen, daß ich nicht in der Lage sein werde, so lange zu bleiben, wie es nötig wäre, damit etwas Entscheidendes geschieht.
Sie wird nicken dazu, auch dazu.
Eine Spur zu aufmunternd wird sie nicken, hinter der Aufmunterung verbirgt sich schlechtes Gewissen, Schuldgefühl, hinter dem Schuldbewußtsein ihr Trotz: Was kann sie schließlich dafür, daß ich aus der Phase heraus bin, wo Entscheidungen rasch und endgültig fallen? Was jetzt noch geschieht, erfolgt schwerblütig, langsam, zäh.
Trotzdem hält die Ärztin an ihrem Optimismus fest, dem Glauben, daß ein Klinikaufenthalt in jedem Fall etwas bewirkt, daß etwas in jedem Fall besser ist als nichts.
Da bin ich mir weniger sicher.
Ich werde sie aufsuchen, während ihres sauer verdienten Urlaubs, den sie, vertrauensselig genug, zu Hause verbringen will, in der Villa, die zur Anstalt gehört, im Park.
Sie hat es sich so ausgedacht, *sie* hat sich auch ge-

wünscht, daß ich sie einmal besuche. Ich unterhalte sie. Meine Gesellschaft scheint anregend zu sein.
Nun bin ich wirklich ihr trauriger Clown.
Wer wie ich nicht fähig ist, zwei kurze Urlaubswochen ohne die gewohnte Therapie zu bleiben, hat keinen Wunsch.
Einige Tage war ich zu Hause, unmittelbar nach dem etwas übereilten Klinikaustritt, und bevor ich mich an den See zurückzog. Saß in meinem Vorstadtgarten herum, in den leeren Räumen des Erdgeschosses (weshalb sie augenblicklich leer sind, ist eine Geschichte für sich). Starrte vor mich hin, fror, träumte nicht einmal.
Ich war leer.
In einem plötzlichen Anfall von Arbeitswut räumte ich neun Kehrichtsäcke voll Manuskripte und Typoskripte weg. Sie störten mich, redete ich mir ein.
Am nächsten Tag, einem Freitag, sah ich morgens um neun Uhr sieben vom Badezimmerfenster aus zu, wie Kehrichtmänner die Arbeit von Hunderten, Tausenden von Stunden wegräumten.
Das Zeug ist inzwischen verbrannt.
Meine Ärztin: «Sie sind gemeingefährlich!»
«Ich gefährde höchstens mich selbst!»
Das Wort ‹gemeingefährlich› versetzte mich in Panik. Schon sah ich die vier lächelnden, sportlichen, unentrinnbaren Pfleger vor mir.
So war es nicht gemeint.
«Sie haben kein Recht, Ihre Sachen zu vernichten!»
«Das Zeug war unbrauchbar.»
«Das können Sie selbst gar nicht beurteilen.»
Ich sagte, ich fühle mich befreit.
Schlimmer als das Schreiben, das Bangen um die Ma-

nuskripte, ist, was nachher kommt, die lustlosen Verleger und Produzenten, die das Manuskript mit Fingerspitzen anfassen, als fürchteten sie, sich zu infizieren, zu beschmutzen.
Die kräftigen Männer von der Kehrichtabfuhr griffen wenigstens mit ihren dicken Arbeitshandschuhen entschieden, ohne zu zögern zu, packten die ungewöhnlich schweren Säcke und warfen sie zu dem übrigen Müll, mit hunderttausendfach geübtem, gleichgültig-präzisem Schwung.
Die Sekunden, die halbe Minute vielleicht, da ich hinter dem Fenster hervor den Männern von der Kehrichtabfuhr zuschaute, waren voll Hochgefühl, eine Erlösung von einem fürchterlichen Druck – eine Wollust, verglichen mit dem Lesen einer lustlosen Kritik, lustlosen *und* endlosen Verhandlungen wegen eines kaum abendfüllenden Fernsehstücks.
Die Kollegin ließ sich nicht überzeugen: «Sie argumentieren depressiv!»
«Also realistisch, schön!»
Die Ärztin wäre über diese Antwort ernstlich böse geworden, wäre nicht sie die Ärztin, ich ihr Patient.
Ich mag es übrigens auch nicht, wenn sie meine Einsichten und Aussagen psychopathologisch interpretiert. Schließlich habe ich, der ganzen Psychopharmakologie zum Trotz, einen erstaunlich klaren Kopf!
Sie errötet ein wenig, unter ihrer ebenfalls sonnenverbrannten Haut.
Wenn sie mich ständig psychopathologisch interpretiert, stempelt sie mich, weit über das Notwendige hinaus, zum *Fall,* nimmt mich zugleich als Mensch nicht ernst.

Das will sie doch gar nicht, das widerspricht völlig ihrem therapeutischen Konzept!
Andrerseits ist es ihr mit dem weggeworfenen Kulturgut ernst.
Ihr Problem.
Ich lehne mich entspannt in meinen Sessel zurück, lächle mein unergründliches Patientenlächeln.
Die Ärztin zappelt sich ab, in einer Falle, die sie selbst sich gestellt hat.
Was gehen sie, genaugenommen, die rund fünfzig Kilo weggeworfenes Papier an?
«Sie ahnen nicht», sagt sie, «wieviel Kulturgut auf Grund solcher einsamer Entschlüsse schon verlorengegangen ist!»
So einsam war mein Entschluß gar nicht. Über einem guten Teil meines Kulturmülls hatten längst freudlose Lektoren und Dramaturgen gebrütet, über dem Rest, ebenso freudlos, ich selbst.

Ich schwimme nicht mehr, das Herbstwetter als Vorwand, ich rudere auch nicht mehr, weil es mir nichts sagt. Vor dem Einkaufen graut mir.
Welche Menge an Nahrungsmitteln eine einzige kleine Familie verschlingt!
Wie die Heuschrecken fallen sie darüber her.
Die kleinen Krämerläden gehen mir auf die Nerven; vor den großen Selbstbedienungsläden, mit ihrem Neonlicht, hat mir schon immer gegraut.
Neuerdings wagt man nicht einmal mehr zu klauen, derart perfekt überwacht sind sie.
Diese Geschäfte, überhaupt Geschäfte, Geschäften macht mich krank.

Ich sage: «Hysterisch und depressiv.»
Darauf die Kollegin: «Sie interpretieren alles psychopathologisch. Es *ist* grauenhaft!»
Sie rächt sich, weil ich ihr zu verstehen gegeben habe, daß ich es hasse, wenn sie mich psychopathologisch auslegt.
Ich bocke: «Früher hat es mir Spaß gemacht ...»
Sie lächelt bloß und hört mit großen Ohren zu.
Ich rede von meinem ersten Gang in die Stadt, nur eine kurze Besorgung: für Tiff ein französisches I Ging, aber das braucht sie nicht zu wissen, ich sage: «Eine kurze Besorgung», so gestelzt es klingt.
Wie sich die sommerlichen Massen ausverkaufsgierig mit vorquellenden Augen durch die engen Gassen, die Lauben wälzten, stumm und verbittert hinter den Konsumgütern her, die sie zuvor produziert hatten.
Die Ärztin meint: «Wenn man das nach einiger Zeit zum erstenmal wiedersieht, kann man doch Panik kriegen.»
Sie hat gut reden. Für sie bin ich ein Einzelfall, das Los der Städte und ihrer Bewohner kann ihr gleichgültig sein.
Sie treibt Individualmedizin, glaubt, ich sei ihres Einsatzes wert, jeder einzelne sei ihres Einsatzes wert, aber einige mehr als andere – sie rettet auch nicht fragwürdiges Leben um jeden Preis, sie gibt fragwürdig gewordenem Leben seinen Sinn zurück. Sie rät mir regelmäßig, mich weniger mit mir selbst zu befassen. Das macht, scheint's, depressiv. Ich finde, unter allem, was ich zu sehen und zu hören kriege, bin ich mir selbst noch immer der heiterste Gegenstand.

Gut, gestern war ich wieder bei der Storchenkolonie, im Gestüt bei Avenches, mit meiner Frau. Vier besetzte Horste auf einem einzigen riesigen Dach.
Die Jungstörche sind schon groß, springen mit schlagenden Schwingen hoch in die Luft, fliegen eine kurze Strecke, tun sich schwer mit der Landung am Horst.
Über das große Geviert schritten Pferdeknechte mit ihren Tieren, alle mit demselben angelernten, federnden Gang.
Ein hochmütiger Junge, fünfzehn vielleicht, der reiten kann und sich bedienen läßt.
Dutzende von Hengsten beginnen gleichzeitig zu wiehern.
Dann hört man wieder nichts als die knappen, scharfen Rufe der Pferdeknechte.
Ein Storch fängt an zu klappern.
Meine Frau sieht mich mit großen Augen an.
Sagt: «Wie in einem Sex-Gruselfilm. Es wirkt alles so brünstig!»
Ich registriere es stumm.
Mein glückliches Delir liegt in meiner Erinnerung, wie ein kantiger, opaker, goldener Gegenstand. Ich dringe nicht mehr ein.
Vielleicht könnte ich diesen Zustand wiedergewinnen, wenn ich in die Klinik zurückginge, als Vollpatient.
Das allerdings werde ich der Kollegin verschweigen. Der einfältige Triumph auf ihrem Gesicht brächte mich um.

Ich gleiche meiner Mutter bis in die Gedanken hinein. Dieselbe grauenhafte vegetative Nervosität, dieselbe ständige Irritation.
Sie ertrug das Leben nur als Fest. Und es war kein Fest.

Ihre Schokolade-Sucht habe ich mit Mühe durch andere Süchte ersetzt.
Dann wieder spüre ich meinen Vater an mir, seine weitausholenden Gesten; die Art, sich hinzusetzen, die Kleider am Körper schlottern zu lassen; sein ganzes diätetisches Selbstbewußtsein.
Besonders schlimm ist es seit seinem Tod.
Als ob etwas von ihm Besitz ergriffen hätte von mir. Seelenwanderung, bösartige Ahnengeister?
Kaum.
Ich glaube, daß meine Eltern in ihren Gräbern liegen – selbstsüchtig, rechthaberisch.
Immer am längeren Hebelarm.
Alles kommt so, wie meine Mutter es mir an der Wiege gesungen hat, mit ihrem brüchigen Sopran.
Siebenundvierzig Jahre lang habe ich versucht, ich selbst zu sein, oder fast.
Die Kollegin: «Weshalb identifizieren Sie sich mit Ihrer Mutter?»
Ich fasse die Frage als eine rhetorische auf.
Ich identifiziere mich nicht – ich *bin*, was meine Eltern, unbewußt perfid, ein wenig auch gegen sich selbst, aus mir gemacht haben, viele Jahre lang.

Der Eintritt in die Klinik, am 22. April, geschah lächelnd. Ich hatte mich mit Opiat und Speed sorgfältig präpariert. Damit die Schwestern auch etwas davon haben sollten, hatte ich mich einige Tage vorher wieder in die Venen gespritzt. Riesige blutunterlaufene Stellen zeugten davon.
Ich hatte keine Angst.
Ich wußte nur nicht recht, wie man sich benimmt.

Ich benahm mich, auf Zusehen hin, einmal mehr wie der wohlerzogene Junge, der ich zu meinem Entsetzen noch immer bin.

10

14 Uhr. Tiff taucht wieder auf.
Wir trinken vor dem Gebäude, in der Sonne blinzelnd, unseren miesen Pulverkaffee.
Tiff kommt mit auf mein Zimmer, setzt sich auf den einzigen freien Stuhl, sitzt da wie ein höflicher, aufmerksamer, wohlgeratener Junge, spielt nicht einmal mit den Fingern, wartet. Ich setze mich möglichst souverän auf den Bettrand.
Tiff betrachtet die Blumen und die kleinen Bildchen, die ich aufgestellt habe: ein Mandala von meiner Tochter, einen doppelläufigen Vogel von Michael, meinem Sohn, ‹Ich hasse gesunde Leute›, ein Spruchbild von Salvisberg, und einiges sonst.
Tiffs Aufmerksamkeit stört mich, aber es ist nicht klar, stören mich plötzlich Bildchen und Blumen oder stört mich Tiff.
Das Zimmer ist zu eng.
Auch Tiff fühlt sich nicht wohl.
Er dringt in meinen Privatbereich ein; ein kleines Refugium, Asyl, Rückzugsgebiet brauche ich.
Eben *weil* ich an dem Jungen hänge?
Wir brechen auf, setzen uns im Park, unter den Bäumen, bei der ‹Villa›, die wirklich wie eine Villa aussieht, Kolonialstil – setzen uns an ein gelbgestrichenes Gartentischchen. Ich erkläre dem Jungen das Schafgarbenorakel I Ging, so gut es eben geht. Die Sonne brennt durch die Bäume, es ist kalt, die Brise bläst die Schafgarbenstengel weg.

Tiff: «Was ist eine Psychose?»
Ich, unsicher: «Weiß nicht. Ein *Etat d'âme …*»
Tiff erklärt mir jetzt die Regeln des I Ging – ich bin kaum imstande, gerade und ungerade Zahlen auseinanderzuhalten, was Yin und was Yang. Aber in einem luziden Augenblick muß ich es *ihm* erklärt haben.
Tiff legt das Zeichen ‹Lü›, der Wanderer. Er freut sich; ohne zu wissen, was es bedeutet, gefällt das Zeichen ihm. Ich schleppe den Diktionär an, versuche, das Chinesisch-Deutsch des Herrn Richard Wilhelm in ein Französisch zu übersetzen, das Tiff versteht.
Es gelingt – allerdings: auf welchen außersprachlichen Wegen, das ist weniger klar.
Tiff hat bald genug, ich bin erschöpft.
Erschöpft durch die Medikamente, die Bise, das I Ging, die ungeheure Präsenz des kranken Jungen, der mich für allwissend hält, oder fast, *und* durch das schwere Hinbringen von Zeit.

Gegen drei steigen wir in die Ergotherapie hinunter. Dort werden bereits der stark gesüßte Tee und das Brot verteilt. Die meisten langen gierig zu.
Es scheint ein Hauptanliegen der Institution zu sein, ihre Kunden ständig kalorienreich zu ernähren.
Ich setze mich hinter mein winziges, wackliges Tischchen, schweige. Tiff albert mit jungen Mädchen, alten Damen herum, bringt die einen zum Lachen, die andern zur Weißglut, zankt sich mit einem alten Maler, der seit Jahrzehnten hier seine einfältigen, keineswegs poesielosen Landschäftchen pinselt, macht ihm den angestammten Platz streitig.
Die Therapeutin greift ein, setzt Tiff hinter das Modell-

Segelschiff, an dem er bastelt, seit einiger Zeit. Der Junge flucht über die Anleitung, die zu kompliziert ist, die kleinen Teilchen, die man ständig verliert, inzwischen bauen seine schönen, genialen Hände an dem Kahn.
Ich lobe seine Arbeit, Tiff beruhigt sich.
Ehrlich, ich halte Tiff für einen Künstler, verachte die idiotische Bastelei, lüge jedoch zu einem guten Zweck.
Ich kenne die Zeichnungen und Gouachen, die Tiff in seiner Umnachtung gemalt hat; er mag sie nicht, sie machen ihm Angst, er zieht die harmlosen Landschaften aus seiner guten Zeit vor; augenblicklich malt er überhaupt nicht.
Das muß sich ändern.
Aus dem Radio Unterhaltungsmusik, den einen zu laut, den andern zu leise, den einen zu anspruchsvoll, den andern zu blöd.
Die Frauen machen sich mit dem Knüpfen von Teppichen nützlich. Wenn ich mit einer von ihnen schwatze, sieht mich die Therapeutin drohend an: Einmal habe ich meine Meinung über diese Teppichknüpferei geäußert, laut und unverblümt.
Die Männer neigen eher zu nutzlosen Basteleien. Das schlimmste sind die kleinen Emailarbeiten, und darauf sind sie besonders stolz.
Ich habe gelernt, meine Meinung für mich zu behalten.
Noch etwas habe ich rasch gelernt: Wenn einer dich anspricht, und du bist nicht interessiert, behandle es mit der größten Selbstverständlichkeit als Selbstgespräch.

Das große gelbe Haus, das Hauptgebäude mit den toten schwarzen Fenstern, ein Aquarell, hat Tiff mir geschenkt. Er wollte es wegwerfen, ließ sich überzeugen.

Um ein anderes Bild, einen leuchtenden Schnee-Berg, im Vordergrund böse fleischrote Blumen, haben wir tagelang gefeilscht. Ich wollte das Bild, Tiff das Geld. Aber Tiff wollte das Bild nicht hergeben.
Das Geld war stärker.
Nun habe ich das Bild.
Der junge Dan irrlichtert durch den Bastelraum und bringt diejenigen in Rage, die Tiff noch eben in Ruhe gelassen hat. Sägt und hämmert an Metallstücken herum, mit einem ohrenzerreißenden Lärm.
Dan, der ewige Jude, Abkömmling der Romanows und sonst allerlei.
Mich nannte er erst ‹König der schönen Künste›, jetzt schlicht ‹Monsieur Cigarette›. Wüßte die Goldschmuck-Pelzmantel-Dame, seine Mutter, daß er um meine Zigaretten die hohle Hand macht!
Wenn ich meinen Verarmungswahn habe, bin ich nahe daran, es ihr zu hinterbringen.
Die Teppiche, die Aschenbecher, und was da so hergestellt wird, was ich ebenfalls herstellen sollte, habe ich von Anfang an verachtet.
Als ich zum erstenmal, Rilkes Gedichte unter den Arm geklemmt, in die Ergotherapie hinunterstieg, schmierte ich mit Aquarellfarben auf einem Papier herum, war sehr stolz auf mein Werk und heftete es an die Wand, die Therapeutin verzweifelt, sticht sich in den Finger, einige Tropfen Blut fallen auf Löschpapier, ich nehme feierlich die Reliquie, klebe das Blutlöschpapier in ein Holzkästchen, bemale es mit, wie ich finde: *katholischen Farben,* lila, gold und rot, verehre es der Therapeutin, dann reut es mich wieder, fast.
Später verfalle ich auf Ton, forme kleine, traurige Mas-

ken, beschmiere sie mit Acryl- und Polymerfarbe, lasse sie trocknen.
Dann ein großes Objekt: ‹*Calvaire des Masques*›, ein Berg von Masken mit schmerzverzerrten Mündern, gekrönt von gehörnten, blutsaugenden, vampirischen Geistern – aufgebaut in rasendem Tempo, mit schwindender Kraft, aus zwanzig, dreißig Kilo Ton.
Zum Entsetzen der Therapeutin, die an ihre Kredite denkt, die Schwierigkeiten mit der Verwaltung; die den Ton selbst herbeischleppen muß.
Ich grinse bloß.
Das unförmig-vorweltliche Gebilde trocknet langsam, sackt nach der einen Seite hin ein, das läßt sich nicht mehr verhindern, dadurch erhält es, nachträglich, erst recht einen Touch von Kunst.
Ich sitze vor meinem Geschöpf und rauche. Es muß bemalt sein, ob trocken oder nicht.
Meinen tiefinhalierten Zigarettenrauch blase ich Maske um Maske in den leidvollen Mund, hauche der Figur, die mein Leben darstellt, mein Leben ein.
Tiff, als einziger, versteht die Geste sofort, lächelt, fragt: «Warum mit Rauch?»
Ich, ohne zu überlegen: «Damit man es *sieht.*»
«Ach so», sagt Tiff. «Du willst den Heiligen Geist *sehen!*»
‹Ach so›, sagt er übrigens auf deutsch, das einzige, was ihm geblieben ist, von fünf Jahren Deutschunterricht. Das Wort gefällt ihm, eine Zeitlang schreibt er es mit Filzschreiber auf Türen, Fensterrahmen, Wände und den andern, den Mit- und Ebenfalls-Patienten, auf Kleider, Gebasteltes, Zigarettenpäckchen. Die Spuren lassen sich nicht immer völlig beseitigen.

So bringen wir unsere Tage hin, wie ein Geschwätz, wie das Gras auf den Dächern, wie das Vieh.
Manchmal erwache ich, und alles kommt mir fremd und kindisch vor.
Dann gefällt's mir wieder, oder ich kann nicht anders, kann es nicht anders wollen.
Singe lauthals durch die Korridore, Memphis Blues, und was mir sonst einfällt, bis mir eine verbitterte Ärztin und der Intrigant, der Verwalter, Vorhaltungen machen, mich auf jene hinweisen, die Ruhe brauchen.
Ich sage nichts, singe weiterhin durch die Korridore, das Treppenhaus, schwöre den beiden Rache.
Denn ich bin ein eifersüchtiger Gott, rachsüchtiger Herr, ich, der kleine, hilflose, anonyme, ausgelieferte Patient.

Nach dem Abendessen sitzt man wieder im Korridor, im Blindsack, *Cul-de-sac,* wie es auf französisch heißt. Tiff baut mit atemloser Konzentration seine Kartenhäuser, bis schließlich alles den Atem anhält.
Manchmal stürzt ein Kartenhaus ein, öfter zieht Tiff die unterste Karte weg, bevor es von selber einstürzt.
«J'aime transformer», sagt Tiff erklärend und zeigt undurchschaubare Kartentricks, spielt mit Zündhölzern und Feuerzeug, verbrennt Papier, Holzstücke, läßt ganze Zündholzpakete in einer Flamme aufgehen, *‹Pyromane›* schelten sie ihn. Er bettelt um eine Zigarette, raucht einen einzigen Zug und zerkrümelt sie. Einige reagieren humorlos.
Im Büro sitzt die Nachtschwester, sorgfältig zurechtgemacht, man ‹diskutiert› mit ihr, schnorrt Medikamente, die einem nicht zustehen; hat sie Zeit und die Laune da-

zu, setzt sie sich in den Korridor zu den Pensionären, wie ein fremder, allzu schöner Vogel, mit feinem Gespür für bürgerliche Rangordnung, gediegene Konversation.
Setzt sich, ebenso schön bemalt und unnahbar in das Fernsehzimmer, starrt, zum Beispiel, auf den lebensgroßen Kopf von Valéry Giscard d'Estaing, sieht sich, wie die Kunden, Tag für Tag dieselben Programme an.
Wenn einer läutet, weil wir ja genaugenommen Kranke sind, erhebt sie sich auf hohen, geräuschlosen Absätzen und waltet ihres Amtes.
Erzählt nicht ungern von ihren Ferien in Cannes oder Torremolinos. Eimal im Jahr steigt sie, ein reisender Engel, zu ihren armen Verwandten herab in den Landes oder den Steineichenwäldern der Cevennen.
Mademoiselle ist, was man eine ‹Dauernachtwache› nennt.
Sieht nicht aus, als hätte sie die Vor- und Nachteile dieser Tätigkeit nicht sorgfältig gegeneinander abgewogen – die unangenehme Arbeitszeit gegen den ungeheuren Kompensationsurlaubsanspruch.
Fährt sie nicht im eigenen roten Mini vor, wird sie von einem großen, goldbraunen, schnittigen Kabriolett gebracht.

Ella läutet in regelmäßigen Abständen, wenn sie eine Tablette braucht, oder einen Arzt.
Sie sind auf die Idee verfallen, ihr das ganze Arsenal ihrer Schlaf- und Beruhigungspillen zur Selbstbedienung neben das Bett zu stellen.
Nun weiß sie bloß nicht, was sie nehmen soll, und läutet doch.
Die Damen schweben in bläulichen und weinroten

Morgenröcken, Haarnetzen und Lockenwicklern umher, auf der Suche nach ihren Salben und Lotionen, ihren Bettflaschen, nach einem letzten Joghurt.
Die kleine Nonne, die in der Klinik ihr dunkelblondes Haar offen trägt, sich heilsam emanzipiert, als einzige bei Gelegenheit mich herzhaft auf die Wangen küßt, die kleine Nonne gleitet durch den Korridor wie eine verirrte Lady Macbeth oder Ophelia, nein: doch eher Lady Macbeth.
Neun. Man steht bei der Nachtschwester an für die abendlichen Neuroleptica, Tranquilizer, Barbiturate. Es ist wie beim Abendmahl: einer nach dem andern greift feierlich, mit spitzen Fingern nach den Tabletten, Dragées und Tropfen, die auf dem Sevierbrett bereitstehen, leert ein Gläschen Wasser hinterher, blickt zum Himmel, der weißen schallschluckenden Decke, dankt und geht schweigend auf den Korridor zurück. Die einen beeilen sich, ins Bett zu kommen, bevor die Wirkung der Mittel einsetzt. Andere warten gähnend auf den Schlaf.
Nach einer halben oder einer Stunde kommen sie wieder, holen die Nacht-Reserve, weil der ersehnte Schlaf auf sich warten läßt.

Tiff und ich durchsuchen im Office den Kühlschrank. Ich braue mir einen Kaffee, das Pulver meist aus Dosen von Kollegen gestohlen, Tiff stöbert nach herrenlosen Joghurts.
Zusammen mit dem abendlichen Medikamentencocktail und zwei, drei tiefinhalierten Zigaretten erzeugt der gestohlene Kaffee einen herrlichen, harmlosen, kleinen Rausch.
Ich setze mich mitten auf dem Korridor auf den Boden,

grinse. Fragende Blicke, darauf ich: «Genaugenommen *hätte* ich Riesenprobleme ...»
Alle verwundert, wieder ich: «Aber niemand kann sie lösen, kein Mensch.»
Das befreit, Probleme, die man nicht lösen kann, folglich gar nicht anzugehen braucht.
Niemand versteht mich, außer möglicherweise Tiff.
Einer nach dem anderen verziehen sich die Patienten in ihre Schlafhöhlen. Tiff gähnt und haut ab.
Nichts geht über mein Bad; nach dem abendlichen Medikamentencocktail und mit verschwenderischen Zusätzen ist es wie ein stilles, Regenbogenseifenblasen treibendes Meer.
Nur ein einziges Mal habe ich mein Badetuch vergessen, mußte im durchnäßten Nachtgewand ins Zimmer zurück.
Draußen, in der dunkelgrünen Nacht, stöhnt eine Waldohreule wie ein gefolterter Mensch.

Und ausgerechnet an diesem ersten Abend, da ich so etwas wie eine Müdigkeit verspürt habe, die von innen kommt, nicht einfach von der Chemie herrührt, ausgerechnet an diesem Abend finde ich keinen Schlaf.
Werfe meinen königsroten Wollmusselinmantel über, gehe auf nackten Füßen ins Nachtwachlokal.
Mein Gläschen mit demselben Stoff wie tagsüber. Schluck!
Bittersüß, widerlich, Chemie aus Kopenhagen, was ‹Hafen der Seemöwen› heißen soll, hinuntergespült mit dem infekten Wasser des Jurasüdfußes, aus dem See, den Dürrenmatt schon vor Jahren als Kloake bezeichnet hat.

Ich verziehe den Mund.
Setze mich in den hochlehnigen Sessel, um mit der gepflegten Nachtschwester zu parlieren, bis der Schlaf eintritt.
In diesem Augenblick tritt Goll ein, besoffen, verhascht, verfixt, kurz: verladen wie der Tod – poltert, schimpft und flucht.
Die Schwester schließt die Tür, damit er nicht die ganze Abteilung weckt.
Eine schwarze, maßlose, unbeherrschbare Wut steigt in mir hoch.
«Verlassen Sie augenblicklich diesen Raum!»
Goll schweigt eine Sekunde lang verblüfft.
Ich werfe ihm vor, was er alles geschluckt, geraucht, gefixt hat.
Augenscheinlich treffe ich so ziemlich, was ihn nicht umgänglicher stimmt.
Nenne ihn, so gut ich das auf französisch kann, einen Schmarotzer, einen Haufen Dreck …
Goll geht nicht auf mich ein. Er bramarbasiert, ich brülle.
Der Arzt vom Dienst eilt herbei, blickt versonnen auf die Spitzen seiner teuren Schuhe, raucht Zigaretten mit Goldmundstück.
Erfahrungsgemäß gehen solche unerfreulichen Auftritte vorüber.
Goll haut torkelnd ab und legt sich schlafen.
Ich sitze lächelnd in meinem Sessel, schweige.
Der Arzt geht.
Die Schwester schickt mich ins Bett.
Die Eule stöhnt.

Worum war es denn gegangen?
Einer auf Entzug, der andere im Rausch, Süchtige unter sich, Machtkämpfe, *Law and Order,* Recht und Gerechtigkeit – in dieser kleinen, klinischen Welt?
Es ging um Tiff.
Goll wollte den Jungen auf seine Seite ziehen, zu allem verführen, was er für ‹das Leben› hielt.
Ich hingegen will ihn heilen.
Was immer das heißt.
Während unseres Krachs schlief Tiff nebenan, selig.
Vielleicht ist etwas von unserm Gebrüll in seine Träume gedrungen, vielleicht auch nicht.

Ich falle übergangslos für fünf, sechs Stunden in tiefen, narkotischen Schlaf.

II

22. Juli

Man stellt sich das wahrscheinlich lauschig vor: ich, in aller Stille schreibend, an meinem See.

Von Stille kann allerdings keine Rede sein. Zweimal pro Woche wird hier das Gras geschnitten, einen ganzen Tag lang, mit einem lärmigen, knatternden Motormäher. Vier Tage hintereinander ratterte nebenan der Bauer mit sechs verschiedenen Maschinen auf seinem lächerlichen Äckerchen herum. Das Geräusch der Autostraße ist durch das Wäldchen genau so lange abgeschirmt, als man nicht darauf *hört.* Dann und wann zerreißt ein Düsenjäger der Armee das Ohr.

Die nächtlichen Geräusche sind anders, gehören zum See: die Rufe der Wassertiere, das Schlagen der Schwingen und Zehen auf dem Wasser, das Rauschen von Regen und Wind in den Silberpappeln, das metallische Schlagen und Klingen der Takelung der Segelboote in der Bucht.

Ich habe Zeitung gelesen, gründlich; ein gewichtiges Argument gegen einen Wiedereintritt in die Klinik.

Die Ärztin wird sagen: «Ich zwinge Sie nicht.»

Ich würde mich auch nicht zwingen lassen.

Weshalb sollten wir nicht einen Augenblick beim Zypernkonflikt verweilen, seinen möglichen Weiterungen, seiner möglichen Beilegung. Kann sein, er wird beigelegt sein, bevor ich die Zauberin wiedersehe –

Nebenbei: Als sie als Hexe an einen Maskenball wollte,

sagte ihr Sohn, den ich nie gesehen habe: in dieser Maske brauchst du nicht aufzutreten, da kennt dich jeder sofort.
Im Anschluß an den Zypernkonflikt werde ich sagen: «Es hat doch alles keinen Sinn ...»
«Was hat keinen Sinn?» wird die Ärztin mit dem Pfau im Kopf zurückfragen.
«Was ich zusammenschreibe – in *dieser* Welt!»
«Sie sprechen für alle, die keine Stimme haben –!»
Tiermaschinen zum Beispiel – Hühner, die ihren Fuß noch nie in feuchtes Gras gesetzt haben, deren Auge das Tageslicht nicht kennt. Rund dreihunderttausend Eier täglich von rund vierhunderttausend Vögeln in einer einzigen derartigen Fabrik. Tiermaschinen nähren eine Menschenmaschine, mit ihrem Fleisch, das getränkt ist mit den Enzymen einer endlosen Qual.
Angsteiweiß, das Harren der Schöpfung, die stumme Kreatur. «Denn die Sehnsucht des Geschaffenen wartet auf das Offenbarwerden der Herrlichkeit der Söhne Gottes. Denn wir wissen, daß alles Geschaffene insgesamt seufzt und sich schmerzlich ängstigt bis jetzt.» Römer acht.
«Sie sprechen für alle, die keine Stimme haben in dieser Welt.»
Im Lärm dieser Welt. Untergehen, im Lärm der Welt. Sie müßte es dreimal sagen, damit ich es glaube. Unsinn, ich lenke ein, trotzig, frage: «Für wen?»
«Für Tiff zum Beispiel.»
Sie fängt an, den Jungen als Lockvogel zu gebrauchen. So einfach geht das nicht mit mir.
Sie nennt es ‹eine Begegnung›.
Ich hebe die Schultern, ich mag diesen Jargon nicht,

kenne die Argumente, eine derartige Erfahrung zu notieren, kenne allerdings auch gute Argumente dagegen: «Wovon man nicht sprechen kann, darüber muß man schweigen.»
(Wittgenstein, Allerweltszitat, Tractatus logico-philosophicus, 7.)
Über gewisse Dinge wird zuviel, habe ich zu lange geschwiegen.
Über die Selbstverständlichkeit der Liebe eines alternden Mannes zu einem Jungen wie Tiff, zum Beispiel. Sie hat inzwischen Luft geholt, sagt: «*Und* für sich selbst!»
Dezidiert.
Sie meint natürlich: für etwas Sprachloses, Schweigendes *in* mir.
Genau dagegen gibt es manchen guten Grund.
Diese Zeit ist keine Zeit des Friedens – kann es nicht sein, weil sie eine Zeit der Unordnung ist. Die Chaoten rufen nach Law and Order, die Söhne der Ordnung werden in die Anarchie gedrängt.
Ich habe ein schlechtes Gewissen, wenn ich im Halbschatten meiner Bäume sitze und das aufschreibe, was ich schreibe.
Meine Ärztin hält mein schlechtes Gewissen für übertrieben, unbegründet, Zeichen der Depression.
Sie behauptet, meine Erfahrung sei nicht nur privat.
«Genaugenommen», sagt sie beschwörend, ich hasse diesen Ton an ihr, «genaugenommen haben Sie nicht einmal das Recht zu schweigen.»
Weil Schweigen immer auch *Ver*schweigen ist, ich weiß.
Die hat ja keine Ahnung, wie weh das tun kann: sich zu erinnern.
Ein körperlicher Schmerz.

Ich werde es nicht tun.
«Kommen Sie zu uns», sagt sie. «Überlassen Sie die Entscheidung mir.»
Nun habe ich sie soweit: Sie will die Verantwortung auf sich nehmen, ganz.
Ich schweige.
«Und wenn Sie hier sind, schreiben Sie alles auf. Genau so, wie es war. Vorerst für mich …»
Nein.

12

Verehrte, liebe Frau Doktor,
ich glaube keineswegs, daß man in jenen Zuständen erhöhter Klarsicht (Bewußtseinserweiterung, Psychedelie) tatsächlich etwas erfährt über *Gott*; aber man erfährt etwas über Religion, wie sie entstanden sein könnte, über Mythologie und über Psychopathologie, wie Sie es wohl nennen würden.
Ich würde lieber sagen: über des Menschen Herz.
Ich *war* einmal Gott auf dem Sinai. Ich saß in Sizilien auf einer Düne (1970 im Mai, Sie werden es ja genau wissen wollen, für Ihre Eintragung in mein Krankenblatt: ein simpler Haschischrausch). Die große Muttergöttin, meine Frau, *spürbar* neben mir. Aber dann gab es plötzlich nur noch diesen Gott und sein Geschöpf, das gleichzeitig sein Widersacher war; am Fuß meines Sandhügels ein Ameisenlöwe in seinem selbstgebauten Trichter, ein geniales, bösartiges, kleines Insekt, das vorübereilende Ameisen mit Sand bewirft. Sie rutschen ab, in seinen Trichter, der Ameisenlöwe packt sie mit Zangen, saugt sie aus.
Ich starrte auf den Ameisenlöwen, minutenlang, genau weiß ich es nicht: eine Ewigkeit, ein Zustand ohne das tödliche Ticken der Zeit.
Ich *habe,* von einer Schallplatte, Mozarts Krönungsmesse, meine Geschöpfe, die Menschen, mir Halleluja zurufen hören. Ich wußte: weiter kommt man nicht. Hörte mit diesen Experimenten auf.
Wer immerzu halluzinieren muß, ist kindisch.

Hat seinen Untergang verdient.
Wer gar nie halluziniert, verfehlt etwas. Wird nie wissen, wer oder was er sein *könnte,* auf dieser Erde, dieser Welt.
Diese Erfahrungen haben mich nicht unverändert gelassen. Ich begann unter meinem Alltag zu leiden – mehr, anders als zuvor.
Denn in meinem Alltag war ich ja selbst so ein kastriertes, frustriertes, besinnungslos einer fühllosen Gottheit ‹Halleluja› singendes Geschöpf; auf dem kurzen Weg von einer entsetzlichen Geburt zu seinem ganz persönlichen, kleinen, lächerlichen, schmerzlichen Tod.
Nach dem Spiel ‹Himmel und Hölle›, das ich bald zur Genüge kannte, begann mich das gefährlichere Spiel zu faszinieren, ‹Leben und Tod›, das Spiel der Fixer, Selbstmörder und Generale.
Nun, Sie haben mich davon geheilt.
Es ging, scheint es, anstandslos.
Ich weiß gar nicht, wie ich Ihnen dafür danken soll.
Aber: In welche Gegenwart entlassen Sie mich?!
Ich habe aus meinen vorweltlichen Erfahrungen gelernt: Die alten, mythischen Figuren leben mitten unter uns, in dieser übertechnisierten, katastrophischen Welt.
Diese Erkenntnis hat mich bereichert, wenn Sie wollen, aber auch lebensuntüchtig gemacht.
Ich habe mich plötzlich von außen gesehen, meine Lebens-Laufbahn, mein jämmerliches Spiel ‹Bürgerliches Elend›, ‹Bürgerliche Existenz›.
Verstehen Sie das: Jahrelang um etwas kämpfen, das man gar nicht wollen kann!
Und dabei war doch diese Frau meine Frau, waren diese Kinder meine Kinder – vier sehr geliebte Menschen, im wörtlichen Sinn körperlich abhängig von mir.

Ich weiß, das ist nicht nur mein Problem.
Auch diese Einsicht ist kein Trost.
Ich habe vieles erfahren. Nur: Wohin hat diese Erfahrung geführt?
Dorthin, wohin solches Wissen, diese Erfahrung führen muß: zu Ihnen. Ins Irrenhaus.
Andere wählen den direkten Weg in den Tod.
Wird man in solchen, ‹psychedelischen›, Zuständen eingeschlossen, in einen engen Raum, fängt man unter Zwang an, ‹katatone› Bewegungen auszuführen – so würden Sie es ja wohl nennen: Man kniet nieder, breitet die Arme aus, Handflächen nach vorn, den Mund halb geöffnet, eine Anbetungshaltung, offen, inhaltslos, gedankenleer.
Man spürt, man *könnte* ‹es› unterdrücken; aber um welchen Preis!
Um den Preis der Panik, einer ganz unermeßlichen Angst. Auch das hätte mir blühen können, in diesem leuchtenden Frühjahr 1974, als ich psychotisch war, wenn Sie mich eingeschlossen hätten.
Statt dessen ließen Sie mich laufen, und alles kam, wie es kam.
Ich kann Ihnen gar nicht genug danken dafür.
Ich grüße Sie, von Haus zu Haus, von See zu See!

PS: Die katatonen Erfahrungen waren unter LSD.

Ohne Datum.
Nicht abgeschickt.

Zweiter Teil

13

24. August
Ich bin also nicht wieder eingetreten.
Der erste August, der Nationalfeiertag, ging ohne Katastrophe vorbei.
Meine Ärztin, Hexe, Kollegin wollte den Wiedereintritt doch nicht erzwingen. Inzwischen fährt sie regelmäßig zu einer Wahrsagerin.
Ich kann nicht finden, daß sie dadurch gewinnt, weder an Weisheit noch Verstand, noch an Wohlgefallen vor Gott und den Menschen.
Je gesünder einer ist, desto schwerer ist er zu heilen. Ja, meine Argumente (gegen den Wiedereintritt) waren stark, unschlagbar. Ich sei, sagte ich, zu gesund, um es nötig zu haben, und zuwenig gesund, um einfach so, zur Erholung, zum Plausch, in die Klinik einzutreten.
Wir haben den Wiedereintritt verschoben, auf den ersten Oktober. Der Park muß im Herbst besonders schön sein – lohende Buchen, das Zittern der gelben Birken, Espen, Erlen und Weiden, tiefblauer Hochgebirgshimmel, verirrte Vögel am Horizont, fallendes Kirschenlaub.
Weder Hitze noch Mückenschwärme zu fürchten.
Bis dann wird es auch möglich sein, die Medikamente herabzusetzen, dadurch bekommt der Wiedereintritt einen Sinn.
Ein wenig erschrocken ob ihrem unerwarteten therapeutischen Erfolg wirkte die Ärztin schon.
Ich war normal und gesund geworden, über jedes vernünftige Maß hinaus.

Schwimme erneut im Algenbad, dem See, der sommerlich warm ist, besorge leichte Hausarbeiten, kaufe ein bißchen ein, wie ein echter, rechter Patient.
Das *ist* ein therapeutischer Erfolg.
Wir saßen uns beide ein wenig enttäuscht, ein wenig auch erleichtert gegenüber, die Pfauin und ich, jeder mit seiner eigenen weißen Krähe im Ohr, der Inneren Stimme, zwei Verlierer, jeder auf seinem eigenen Floß, jeder auf dem eigenen See, Sinkende, nicht Ertrinkende, noch nicht.
Sie, Gewinnerin des therapeutischen Erfolgs, Verliererin in Sachen Wiedereintritt plus Schreiben-kleiner-poetischer-Texte-im-Schutz-der-Klinik *und* Mich-persönlich-geheilt-Haben durch ärztliche Ausstrahlung, Magie, Chemie, die heilende Kraft der Institution.
Unangenehm, wie im Demokritischen Denken, traten nun *Zufall und Notwendigkeit* als Störfaktoren auf in dem ästhetisch befriedigenden geschlossenen System von Krankheit–Betreuung–Heilung, in welchem das Geheiltsein, dialektisch, in Form von Hospitalismus, Krankheitseinsicht, Leidensdruck wiederum als Krankheit auftritt; die Krankheit ihrerseits, dialektisch, in Gestalt von Leidensdruck, Krankheitseinsicht, Hospitalismus als Heilung, so daß niemand stellungslos wird.
Psychiatrie ist, so gesehen, ein krisenfestes Metier. Dennoch gehört sie zu den ehrenhaften Künsten, die sich, fortschreitend, durch ihre eigenen Bemühungen, den Boden entziehen, auf dem sie stehen.
Ich hatte insofern verloren, als es mir nicht gelungen war, die Ärztin so weit zu bringen, daß sie mich zum Wiedereintritt *zwang*, und gewonnen insofern, als es mir gelungen war, sie daran zu hindern, daß sie mich zum Wiedereintritt zwang.

Gewonnen an Normalität, verloren an geistiger Gesundheit –?
Sieger nach Punkten und Zeit war die Chemie und/oder meine gesunde Natur, was auf vertrackte alchemistische Art und Weise auf dasselbe herauskommt; denn schließlich ist sowohl meine Gesundheit als meine Normalität, als meine Krankheit – jede Gesundheit, Krankheit, Normalität chemisch gemacht.
In diesem Sinn kann die Chemie nur siegen.

Als ich in dem Ferienhaus am See auftauchte, verhielten sich die anderen Mieter, Familien aus Bern, taktvoll.
Niemand fragte mich, wie geht's.
Alle fragten bloß meine Frau.
Nur ein einziger versprach sich, biß sich gleich auf die Lippen, sah in die Wolken, als hätte er das Wetter gemeint.
Ich war den Taktvollen dankbar für ihren Takt.
Was hätte ich antworten sollen, auf die Frage «Wie geht's?»?
Gut?
Schlecht, das hören die Leute nicht gern; kann sein aus Mitgefühl, kann sein, sie haben immer gleich Angst, helfen zu müssen, schlimmstenfalls finanziell.
Wahrheitsgemäß wäre gewesen: besser.
Das setzte allerdings voraus, daß es mir vorher schlechter ergangen war als jetzt.
Da war ich mir eben nicht so sicher.
Und selbst dieses abgeschwächte Eingeständnis wirkt schockierend, unziemlich, nimmt den Fragenden ernst, wo er auf gar keinen Fall ernst genommen sein will.

Selbstverständlich habe ich der Nervenärztin bei meinem Besuch vom Takt der Taktvollen erzählt. Wir haben ein wenig gelacht, wohl wissend, außerberuflich machen wir's ebenso.

Wir, meine Familie, ich, sind in unser kleines Haus am Stadtrand zurückgekehrt; die Apfelernte stand bevor. Ein Obstjahr. Viel Klaräpfel, viel Fallobst, eine Menge überreifer Früchte von größter Verderblichkeit.
Ich habe meinen bürgerlichen Beruf wiederaufgenommen, Brotberuf, zu fünfzig Prozent; man muß zufrieden sein.

Die Ärztin verlangt von mir, daß ich mich erinnere. Ich aber will nicht, oder kann nicht, oder kann es nicht wollen.
Ich wiederhole mich.
Unbrauchbare Notizen aus der Schlafkur, die nur eine Dämmerkur hätte sein sollen, hingekritzelt im Bestreben, den Augenblick festzuhalten, der bekanntlich flüchtig ist.
Ich sollte *sie* fragen können.
Aber sie weiß nichts.
Ihre – flüchtigen – Besuche galten meinem Blutbild, den Elektrolyten, dem Blutdruck, ganz allgemein meinem Blut, nicht mir.
Ich wollte nicht für verrückt gelten, gab geordnete Antworten auf die idiotischen Fragen, die sie stellten, man betäubte mich.
Nun erinnere ich mich eben nicht.
Patt.
Ich bin schuld daran, daß aus dem, was eigentlich nur

eine Dämmerkur sein sollte, eine Schlafkur wurde, mit Bewußtlosigkeit und Gedächtnisverlust; und nun kann ich die krankhafte Neugier meiner Ärztin nicht befriedigen.
Ich könnte sie natürlich mit Sex abspeisen, das einzige, was Nervenärzte an ihren Patienten wirklich interessiert, meiner Meinung nach.
Ich frustriere sie, ganz bewußt, spiele mit ihren Fragen Pingpong, gebe Fragen auf Fragen zurück.
Eines weiß ich aus meinen verworrenen, verwirrten Notizen: Ich geisterte nicht nur auf dem Gang herum, trat auch in fremde Zimmer, suchte meine Frau.
Dann wieder sah ich sie sitzen, auf dem Stuhl, am Bett. War aber nur ein Kleiderhaufen.
Ich schrieb auf, daß es nur ein Kleiderhaufen sei.
Schrieb allerdings in meinem Delir hinzu: Was anderes als ein Kleiderhaufen ist schließlich eine Frau …
Der ganze Spuk dauerte sechs Wochen, zwei davon ohne Erinnerung.
Was man mir erzählt, nehme ich zur Kenntnis, erinnere mich nicht, das Dunkel bleibt.

Die Blutentnahme am ersten Morgen war grauenhaft, ich erinnere mich: fremder Stahl in meinen Venen!
Ich fürchtete, ohnmächtig zu werden, umzukommen, kann sein, ich fürchtete die unvermeidlichen Wiederbelebungsversuche mehr als den Tod.
Mitte der vierten Woche vom Klinikeintritt an gerechnet, stand ich an einem diesigen Nachmittag, wie vom Blitz getroffen, unter der einen Wellingtonia, stutzte, spürte, wie man mir etwas entzog, den Boden der Erinnerung, griff mir an den Kopf, fluchte laut vor mich hin: «Herr-

gott, jetzt habe ich die dritte Woche verloren ...»
Es war weder furchterregend noch schmerzlich, eher peinlich, es blieb eine Leere zurück, wie nach Blutverlust oder nach einer bestandenen Klaustrophobie, dann ging ich weiter, bloß nicht auffallen, Anstaltsalltag, was kümmert mich die dritte Woche, man erzählt mir ahnungslos Einzelheiten davon, ich lächle, nicht auffallen, Delir und Schlafkur-die-nur-eine-Dämmerkur-seinsollte sind schlimm genug – wenn das nun aber so weitergeht, jede Woche eine Woche aus dem Gedächtnis verlieren, jeweils unter einem hohen, kerzengeraden, rotstämmigen Nadelholz, von dem ich, weiß der Teufel warum, glaube, daß es Wellingtonia heißt ...?!
Haben Sie gewußt, daß es so geht, wenn man etwas aus dem Gedächtnis verliert? Ich nicht.
Die Kollegin spielt die Wissende, ich falle jedoch nicht darauf herein.
Sie sagt, daß sie alles wissen will. Sagt: «Ihre Erfahrung gehört Ihnen nicht allein.»
Will daraus lernen, sagt sie.
Das bezweifle ich.
Sie ist richtig stur. Zündet sich eine neue Zigarette an, ihre Brillengläser blitzen intellektuell.
Ich darf, sagt sie, meine Erinnerung nicht aus dem Gedächtnis verlieren, nicht verdrängen.
Das gehört, wie ich vermute, zu ihrem therapeutischen Programm. Woher die Kraft ...
Die Frage, zu meinem Ärger, stelle ich nicht, *garçon bien élevé,* der ich, zu meinem Entsetzen, lebenslänglich bin.

An meine Ankunft erinnere ich mich ziemlich genau. 22. April, ein strahlender Frühlingsnachmittag.

Tiff saß vor dem Neubau und sah zu, wie ich meine Siebenmalsiebensachen aus meinem kleinen Wagen packte – mit der interesselosen Neugier, die diese Patienten haben.
Ich bringe mein Gepäck in das Zimmer, das sie mir angewiesen haben, spaziere mit meiner Frau durch den Park. Die Ärztin empfängt mich mit Fragen, in einem engen, dumpfen Raum.
Begleite meine Frau, die nicht Auto fährt, zu dem kleinen Bahnhof, packe aus.
Meine Frau hat Blumen mitgebracht, Tulpen, einen blühenden Apfelzweig.
Ich habe viel zuviel Zeug mit, wie immer, Kleidungsstücke, die ich nie brauchen werde, einen Stoß Bücher. Die Blumen hätten genügt.
Ich komme schwer irgendwo los, reiße jedesmal ein Stück Landschaft mit.

Abends im Bett habe ich einiges für mich notiert, der Anlaß kam mir, anscheinend, bemerkenswert vor.
Zuvor muß ich den obligatorischen Lebenslauf geschrieben haben.
Ich habe notiert: Ich schreibe, solange ich noch schreiben kann – denn selbstverständlich fingen sie an, mir in regelmäßigen Abständen Pillen zu verfüttern. Anfänglich wollte ich noch wissen, wie die hübschen bunten Dinger hießen. Später verließ diese ungehörige Neugier mich.
Nun war ich Patient.
Oder ich habe den Lebenslauf im Anschluß an meine persönlichen Notizen verfaßt; schlief ein, über dem Lebenslauf.

So stellt es sich jedenfalls meiner Erinnerung dar.
Vermutlich trügt meine Erinnerung.
Die Ärztin hebt die Schultern.
Meine Erinnerung, sagt sie, sei nicht falsch. Höchstens anders als die damalige Realität!
Ich muß sagen, die Psychiater haben für alles ein Argument.
«Und wenn ich mich», argumentiert sie, «für Ihre Erinnerung interessiere, nicht für die damalige Realität?»
Herrgott, ich erinnere mich doch eben nicht!
Erinnerungen müssen hergestellt werden, das tut weh.

Das mag ich, wenn sie die Realität immerzu als ‹damalig› bezeichnet!

«Meine Sachen eingeräumt, zu Abend gegessen, wie in einer bescheidenen Kantine.
Gehöre noch nicht dazu.
Später: liege im Bett, höre von draußen relativ fröhlichen Lärm.
Alles ruhig, ohne Dramatisierungen.
Man hat nicht einmal meine Sachen untersucht – mit dem allerdings erschlagenden Argument, wenn ich gewollt hätte, dann hätte ich längst Zeit gehabt, den Stoff zu verstecken.
Ich bin fast ein wenig enttäuscht.
Etwas spannender stellt man sich's denn doch vor, eine Spur weniger unwirklich.
Ein bißchen mehr wie in einem Roman.
Halb neun: Meine Ärztin schaut noch einmal herein.
Die Schwester wieder, mit Medikamenten.
Eine Entspannungskur – *vielleicht* Dämmerkur.

Im Hauptgebäude schreit eine Patientin.
‹*Au secours!*›
Offenbar ist die Hilfe gekommen.
Ich stelle das Transistorradio an, warte auf einen zu Lebzeiten auf Band gesprochenen Vortrag von Jaspers zum zweihundertfünfzigsten Geburtstag von Kant.
Vielleicht wird mein Klinikaufenthalt nur langweilig, öd. Man scheint anzunehmen, daß er nicht so wird. Schätze, man hat recht, weil *man* am längeren, am einzigen Hebelarm sitzt. Aus dem Hauptgebäude herüber tönt es wie ein Hörspiel, aus dem Flügel, der eben renoviert wird.
Ein Irrenhaus?
Diese Abteilung im Neubau wirkt eher wie ein veraltetes Bezirksspital, ein einfaches Motel aus einem amerikanischen Kriminalroman.
Keine Lust, Angst und Verzweiflung hochkommen zu lassen.
Aber: auch nicht sonderlich Lust, in tiefen, narkotischen Schlaf versetzt zu werden.
Die Kontrolle der Medikamenteinnahme ist ziemlich lückenlos.
Meine Ärztin meint, vielleicht hätte ich mit den harten Drogen bloß meine Depressionen bekämpft.
Vielleicht hat sie recht.
Bis jetzt ist mein Pervitin stärker als die Barbiturate und Tranquilizer, die man mir gibt.
Wenn ich will, kann ich Jaspers, postum, hören.
Meine Bücher, das viele Papier, das ich mitgeschleppt habe: Als hätte ich *wieder* eine Situation völlig verkannt.
Lasse mich fallen.
Die Nachtschwester kann zufrieden sein.

Weiß nicht, was man mir zu schlucken gibt.
Brauche gar nicht zu wissen, was man mir zu schlucken gibt …»
Ende der Aufzeichnung vom 22. April.
Die Schlafkur, die bloß eine Dämmerkur hätte sein sollen, anhand meiner verwirrten Notizen zu rekonstruieren, ist ausgeschlossen.
Das, zumindest, muß meine Ärztin einsehen.
Ich hatte Hunger, und mir war schlecht.
Erbrach, ein Mal ums andere.
Und hatte Angst.
David spielt vor Saul, I. Samuelis 16,23.
Heiße, ruhelose Füße.
Ich hänge im Korridor herum, drohe: «Denen werde ich schon hinfallen, hinschlagen werde ich, längelang: Was brauchen die mich so zuzurichten, mich …»

Wie habe ich selbst mich zugerichtet, mich!

Nach sechs Tagen wurde ich in das Zimmer mit dem Fenster zum Schwesternbüro verlegt. Es war wie ein Aquarium, grün. Das kam von den umgebenden Bäumen und dem großen dunklen Glas.
Draußen ist alles grün
Sehr grün
Feuchtgrün
Tränengrün
Naßgrün
Regengrün
Froschgrün
Soviel grün
Gleichviel Rot

Wäre zuviel –
Das schrieb ich auf, leserlich, in einem luziden Moment. Ich will es für meine Ärztin abschreiben, von Hand, für den Fall, daß sie Autografen sammelt.
Ich werde sagen: «Es handelt sich um ein Gedicht!»
Sie wird es entgegennehmen, dankbar und ehrfurchtsvoll.
Ihr imponiert die absolute Nutzlosigkeit von Kunst. Sie hat immer ein nützliches Leben geführt.
Nicht einmal den alten, kleinen Traum, *einmal* selbst Patient zu sein, nicht einmal den hat sie sich erfüllt.
Sie will, daß ich mich erinnere, weil sie will, daß ich schreibe, Luxusknabe, der ich bin.
«Schreiben Sie», sagt sie. «Schreiben Sie doch endlich wieder. Es braucht ja gar nicht immer so unheimlich gut zu sein!»
Sie verspricht sich, wenn sie ehrlich ist, weder einen Dienst an der Wissenschaft noch an der Praxis, noch Reformvorschläge für die Klinik, was sie auch schon behauptet hat: Sie will hören, was für eine aufopfernde, ausgezeichnete Ärztin sie ist, es *lesen*.
Sie *ist* aufopfernd, jedermann kann es sehen.
Der junge Venezianer, den sie adoptiert und der sie als Mutter adoptiert hat, sagt: «Ein sehr guter Mensch, aber ein schlechter Psychiater für mich ...»
Klar: Sie bewundert ihn, sein unerträgliches Geklimper auf dem Klavier, verehrt seine Nutzlosigkeit, seine parasitäre Existenz.
(Sie, die immer ein nützliches Leben geführt hat.)
Und er erpreßt sie mit Selbstmorddrohungen.
Merke sogar ich, unterkühlt und enthirnt, wie ich bin.
Vermutlich verdankt der Venezianer ihr tatsächlich das Leben.

Umgebracht hätte er sich nicht, meiner Meinung nach; aber vielleicht, mal so ganz unvorhergesehen, ein vollendeter Selbstmordversuch.
Oder das *Leben,* in einem anderen, existentielleren Sinn, eine Spur mehr als dieses lebenslängliche Nochnichtgestorbensein.
«Sonst noch einen Wunsch?» sagt er.
Er lebt nicht gern, ist vereinsamt, aber er bringt sich nicht um. Ausschließlich meiner Ärztin zuliebe?
Es stört mich, daß sie auch seine Ärztin ist.

Meine Erinnerung setzt in dem Augenblick ein, als der Chefarzt mit seinem Gefolge an mein Bett trat und mir mit großer Geste die Autoschlüssel abnahm.
Es war allerhöchste Zeit.
(Vor solch simplen Eingriffen in die Privatsphäre schreckten die Nichtchefärzte zurück, lächerlich.)
Ich war erwacht, rappelte mich auf, rasierte mich, zog mich an.

14

«Das Zeug ist Gift für dich!» schreie ich.
«Genau das brauchst du – das ist doch kein Leben: ein bißchen pinseln, ein vorfabriziertes Segelschiff basteln, Musik hören, auf meiner Anlage. Das Leben ist etwas anderes», schreit Goll.
Tiff in seiner *Belle Indifférence*; man sieht ihm nicht einmal an, ob er ‹hin und her gerissen› ist. Was das Leben ist, nach Goll: töten, fixen, Sex.
Ich, eisig: «Der rührt doch keinen an. Der ist zu feig.»
Goll bläht sich auf, füllt seine Lungen, seine Augen starren böse aus dem blaurot angelaufenen, aufgedunsenen Gesicht – aber: Er rührt mich nicht an, wie ich da vor ihm stehe, klein und kraftlos, mit meinem Blutdruckabfall, und ihn verhöhne.
Tiff. Wir kämpfen um Tiff, Goll und ich. Tiff steht unberührt dabei, einen Grashalm im Mund.
Goll prahlt mit seinen Ätherräuschen, nennt sie Visionen. Immer dieselbe Platte.
«Schöne Visionen!»
«Was hast denn du schon erlebt!»
«Ach …»
Goll ist eine versoffene Sau. Goll hat nachweislich alles gefressen, gefixt, geraucht, geschnupft, was man überhaupt fixen, fressen, saufen, schnupfen, rauchen kann. Prahlt mit seinen Ätherhalluzinationen, seinen Räuschen: «Dieses unwiderstehliche Bedürfnis des wahren Trinkers, zu trinken.»
Dann geht's wieder bloß darum, daß Goll ohne zu fra-

gen Tiffs Moped gebraucht hat, das keine gültige Nummer hat.
So was regt mich auf, maßlos.
Goll hat übrigens ein Kind, einen kleinen Jungen, der ihn besuchen soll, Goll der Allessäufer, Allesfresser Goll.
Als ich ihm, beiläufig genug, erzählte, ich hätte mir jeweils den Stoff in die Krampfadern gefixt, wurde ihm beinahe schlecht, dem Großen Goll. Dabei gab es dafür, meiner Meinung nach, einen guten medizinischen Grund: Erstens wollte ich meine dünnen, versteckten Armvenen für die Kollegen aufheben, für eine ernste Krankheit, zweitens verödeten die Krampfadern dabei so schön.
Ich bin verrückt.

«Tiff ist krank, unheilbar. Hat seinen Jesus, der ihn vor dem Schlimmsten bewahrt», rede ich mir ein.
«Kümmere dich lieber um dich selbst!»
Das verfängt nicht. Ich will ihn heilen, spüre: Ich bin nahe dran.
Dann wieder die Anfechtung: Woher weiß ich, daß ich recht habe und nicht Goll?
Bespreche das mit meiner Ärztin, unkollegial gegenüber dem Riesen Goll, aber schließlich geht es um den Jungen, um Tiff.
«Natürlich sind diese Drogen für ihn Gift.»
Soweit gibt sie mir recht, weiter geschieht nichts.
Eines Tages wird Goll siegen, dann ist Tiff verloren. Rede ich mir ein.
Außerdem muß Tiff hier raus!
Alle geben mir recht, lächeln ihr Mandarinlächeln, Schwestern, die Ärztin, der Chefarzt und Klinikdirektor. Man nimmt mich nicht ernst.

Die Trägheit der Institution ist selbstverständlich stärker.
Die Trägheit einer Institution ist, vermutlich, das allerstärkste, was es gibt.
Ich rufe in einen Watteberg hinein.

Horch, einer spricht: Rufe! Und ich sprach: Was soll ich rufen? Alles Fleisch ist ja Gras, und all seine Pracht wie die Blume des Feldes. Das Gras verdorrt, die Blume welkt, wenn der Hauch des Herrn darüberweht …
(Jes. 40,6–7)

Ich habe gelernt, zu fluchen, zu verfluchen.
Vous boirez tous de mon café noir froid jusqu'à ce que vous vomissiez.
Ich mußte Tiff fragen, ob ‹jusqu'à ce que› mit dem Futurum zu konstruieren sei oder mit dem Konjunktiv.
«Eher mit dem Konjunktiv», sagte Tiff, behutsam und höflich, wie er ist.
Deutsch: *Ihr alle sollt von meinem kalten schwarzen Kaffee saufen, bis ihr kotzt.*
Übersetzen ist schwer.
Sonntag – Besuchstag, meine Kinder sind da.
Perfide Frühjahrshitze, drückend, ich fröstle kaum, hole sie an dem kleinen Bahnhof ab.
Der Personenzug fährt endlich ein; sie steigen aus, frisch, gesund, ungeheuer starke Persönlichkeiten. Wie große Segelschiffe, die unbeirrbar ihren Kurs halten, auf einem Ozean, von dem man nichts weiß.
Nichts, als daß seine Wogen manchmal haushoch gehen, seine Abgründe unauslotbar sind.
Beim Neubau taucht Tiff auf, begrüßt meine Frau, mei-

ne Kinder – verschwindet, ein Schatten aus einer anderen Welt.
Einen Augenblick lang geht Tiff mich nichts an.
Ich führe meine Frau, meine Kinder, wie hohe Gäste bei einer Besichtigung; mein Zimmer, das Aquarium, der Gang, die ganze Abteilung, höfliche Konversation mit der Schwester vom Dienst. Besucher sind Einbrüche aus einer Welt, von der ich weiß, daß sie eigentlich meine Welt ist.
Besucher machen mich nervös.
Der Gang durch den heißen, gleißenden Park ermüdet, ich schleppe mich mehr, als ich gehe. Meine Lebensgeschichte, ich sehe sie vor mir: drei schöne blühende Kinder, eine bekümmerte Frau.
Sprechen wird mühsam!
Dabei hätte ich gern von meinen Mitpatienten erzählt, auch von Tiff. Den Park gelobt.
Die Fragen meiner Kinder beantwortet.
Gesagt, daß es mir besser geht.
Selbstverständlich habe ich es nicht unterlassen, einiges zu erzählen, komisches Zeug, Anekdoten, den Park zu preisen; die Fragen meiner Kinder zu beantworten – so als wäre nicht ich es, der redete. Fange an, meinen Zuständen zu mißtrauen.
Verfluchte Medikamente – Teufelsdrogen, Satanswerk, die ganze Psycho-Chemie!
Ich kann lange fluchen, ich bin abhängig davon, wenigstens auf Zeit.

Im Hof des Hauptgebäudes die Nester der Schwalben. Eine südliche Pflanze blüht, deren Namen ich nicht kenne, längliche, trompetenförmige Blüten, leuchtendorange und gelb.

Irre hocken herum, oder gehen. Stehen still und sprechen vor sich hin.
Die gewohnten weißen Mäntel der Ärzte fehlen am Sonntag. In der Cafeteria herrscht Sonntagnachmittagsbetrieb. Besucher kommen nicht oft hin.
Zu dieser Zeit halten die Langjährig-Chronischen die Cafeteria besetzt.
Alte Männer sitzen hinter den Tischen, trinken ihren Kaffee, ihren Most, essen Süßes, betteln um Zigaretten.
Einer trinkt meinen Kaffee aus.
Die Frauen bleiben unter sich, tun dasselbe wie die Männer, rauchen allerdings weniger, betteln nicht.
Die schönen jungen Schwestern und Pfleger holen an der Theke, was ihre Schützlinge sich wünschen, tragen die Beträge in kleine blaue Büchlein ein. Ordnung muß sein.
Hinter der Theke ein Patient, der aussieht wie einer, der, obgleich krank, eine Cafeteria führt.
An der Theke stumm der junge Lysergiker, der, soviel ich weiß, seit Monaten hier herumhängt.
Einmal habe ich ihn angesprochen, überzeugt, daß wir uns irgendwo gesehen haben müssen.
Der Junge sagte: «Nein.»
Kein weiteres Wort.
Ausgeflippt – zuviel LSD. Alle sagen das.
Man kann es glauben, man kann aber auch bezweifeln, daß eine Droge allein einen Menschen so weit bringt.

Ich begleite meine Familie zum Bahnhof zurück. Sie winken lange aus dem fahrenden Zug.
Den Tränen nahe, kurz darauf erleichtert.
Ich schlurfe erschöpft in meine kleine Welt zurück, warte im Korridor auf Tiff.

Es dauert eine ganze Weile, bis er sich hervorwagt – eingeschüchtert, eifersüchtig, weil er ein vaterloser Junge ist, oder er hat sonstwie seinen schlechten Tag.
Wir tun, als sei nichts geschehen.
Die Tage gleichen sich. Trotzdem ist jeder Tag ein neues Problem.
Nach dem Frühstück: Tiff lädt mich ein in sein Zimmer; ein großer Raum, vier Betten, im Augenblick nur zwei belegt, Tiffs und Golls.
Goll ist weg, auf Arbeit, wenn man ihm glauben kann. Wir haben das Viererzimmer für uns. Ich hocke mich auf den greulichen grauen Nadelfilz.
Tiff spielt Musik für mich, auf Golls Anlage, Pansflöte von Gheorghe Zamfir, süß, erregend – ich flippe aus, komme wieder, Tiff hantiert am Apparat, lacht mich an. Die Psychose schaffe ich nicht.
Aber mit der Pansflöte kann ich, für Augenblicke, zurück. Spüre, für Augenblicke, nicht mehr das gewalttätige Hereinbrechen einer grauen, ausweglosen, bedrohlichen Wirklichkeit. Tiff dreht ab.
Ihm ist die Pansflöte fast zuviel.
Vor dem Neubau ist ein Sandhaufen aufgetürmt.
Wir machen uns darüber her. Ich grabe ein unbeholfenes Maskengesicht in den Sand. Tiff bearbeitet mit fliegenden, tanzenden Händen den feuchten Sand: Königstreppen zu Tempeltoren, ägyptische Gottheiten, Zufahrten, Tunnels, Straßen – mit rasender, besessener Geschwindigkeit.
Ich sehe zu mit offenem Mund.
Hole meinen Apparat und fotografiere Tiffs Hände, wieder und wieder, wechsle den Film, drücke weiter ab, ein Mal ums andere: Tiffs Hände, wie sie zärtlich den Sand formen, hart zuschlagen wie Schlagzeugstöcke.

Ein einziges Mal schaut Tiff auf. Ich schäme mich und drücke trotzdem ab: Tiffs krankes, überanstrengtes, trauriges Gesicht.
Sein feines helles Haar.
Das Licht ist brutal.
(Einzig deswegen wird die Serie etwas, bei meiner Blindheit und Tappigkeit.)
Tiff ist fertig, der Sandhaufen ein Kunstwerk.
Der für den Sandhaufen Verantwortliche tritt auf: Pfleger? Handwerker? Patient? Man sieht es ihm nicht an. Er flucht.
Ob wir glaubten, der Sand sei zum Spielen da.
Genau das hatten wir, vermutlich, geglaubt.
Der Verantwortliche schaufelt den Sandhaufen um.
Nach Sekunden bleibt nichts übrig als eine fotografische Dokumentation.
Nur: Ich habe die genialen Jungenhände geknipst, nicht die Kunstfigur …
Wir setzen uns an eines der Blechtischchen vor dem Fuchsbau. Tiff legt seine Füße auf den Tisch.
Seine Füße stecken stets in denselben, ursprünglich weißen, zerrissenen Turnschuhen.
Der Verwalter, der Giftzwerg, einheimisch und ehrgeizig, ein Aufsteiger, geschwellt im Bewußtsein seiner Bedeutung, seiner Macht, seiner kolossalen Unentbehrlichkeit, schnauzt Tiff an.
Behauptet, Tiff hätte keine Kinderstube, weil er seine Füße auf den Tisch legt, an dem die *Pensionnaires* manchmal ihren Kaffee trinken, ihren Tee.
Tiff, der Römer, der blonde Kelte, blinzelt in die Sonne.
Der allmächtige Administrator zieht ihm den Tisch unter den Füßen weg.

Tiff schweigt. Ich sage kein Wort.
Wie soll ich dem eingeborenen Gutsverwalter erklären, daß eben dieses Füße-auf-den-Tisch-Legen zu Tiffs Krankheit gehört, zu seiner Genesung.
Der Verwalter geht ab, sehr aufrecht, als hätte er einen Stecken verschluckt.
Tiff und ich schieben unsere Stühle wieder an den Tisch. Tiff legt seine Füße auf den Tisch.
Ich schleppe Tiff in den Park.
Tiff rupft einen Grashalm aus und kaut.
Ich weiß, was ich an dem Jungen liebe, seine Poesie. Wie er diesen Grashalm nachdenklich kaut.
Wir stehen still.
Tiff pflückt kleine Blumen, Hahnenfuß, Hungerblümchen, Veronika, was eben blüht – steckt sie in einen Strauch, der noch keine eigenen Blüten trägt.
Am Strand, schmal, sauberer, heller Sand, setze ich mich, rauche, sammle meine Stummel ein. Ein einziges Mal habe ich von der kleinen Mole aus einen in den See geworfen.
Tiff sah mich an: «Eine Geste, die ich nicht sonderlich mag.»
Tiff baut im feuchten Sand.
Sandburgen, ganze gallorömische, gräkorömische Städte, mit Amphitheater, Wachtturm, Mauern, Palast.
Sobald die Stadt fertig ist, setzt er sich neben mich, sagt: *«Maintenant, c'est prêt à détruire …»*
Wir bewerfen die historischen Siedlungen mit kleinen Steinen, freuen uns an der zunehmenden Schönheit der Ruinen, an unserer Treffsicherheit.
Spielen Weltgeschichte, wie die Menschen immer Geschichte gespielt haben: aufgebaut und zerstört, und

wieder aufgebaut und wieder zerstört.
Détruire pour construire, zerstören, um aufzubauen, daran glauben wir beide nicht so recht.
Ich rauche. Tiff verabscheut mich dafür. In diesem Punkt bleiben wir beide hart. Versuchen einander weder zu verführen noch zu bekehren.
Tiff sieht mich von der Seite an, lacht lautlos, sagt: *«C'est bonard de te voir comme ça.»*
Ein menschliches Wesen freut sich, ein anderes menschliches Wesen neben sich zu haben.

Tiff hat eine grandiose strategische Idee. Der Wachtturm ist nicht zum Einsturz zu bringen, zu fest gebaut, oder: wir treffen zu ungenau, sitzen zu weit weg.
Tiff: «Komm, bombardieren wir das Amphitheater. Dort sind die Zivilisten hingeflüchtet. Sie werden die Militärs zur Übergabe der Stadt zwingen!»
So etwas Wahnsinniges habe ich noch nie gehört. Ich lache, daß ich beinahe ersticke, am Rauch.
«Warum lachst du?»
«Du kennst die Militärs!»

Auf der kleinen Mole draußen sehen wir nach den silbernen Leibern der Fische, die zu Tausenden die Schilfzone aufsuchen, um zu laichen, im Mai.
Ich will in ein Kloster, verstehst du das?
Die machen mich doch hier kaputt.
Aber: Ich kann hier nicht weg.
Ein einziges Mal habe ich Tiff dazu gebracht, den Park zu verlassen, hundert Meter, ein Getreidefeld entlang.
Tiff kriegte panische Angst. Wir kehrten um.

Ich, mit meinen paar Wochen, bin eigentlich noch kaum Patient.
Auch Tiff mit seinen dreizehn Monaten, ist hier, wo man in Äonen zählt, noch frisch.
Beide akut, es muß etwas mit uns geschehen, man glaubt sozusagen noch an uns.
(Später gibt man sie auf, wenn sie langjährig-chronisch sind, oder sie werden langjährig-chronisch, weil man sie aufgegeben hat.)
Wenigstens ist man hier nie allein.

Ich mache mir Kummer um Tiff.
Es gefällt ihm zu gut. Er verkriecht sich, ist abhängig geworden von der Geborgenheit – von der Institution. Ich fürchte, so kommt er hier nicht mehr heraus.
Ich, grob: «Das ist kein Leben hier, für einen wie dich!»
Tiff, in seiner *Belle Indifférence,* schweigt.
Ich beharre, bin richtig stur: «Du wirst ein Anstaltsoriginal werden, ein kleiner, skurriler Künstler, den man vorzeigt, wenn hohe Besucher kommen, wie einen dressierten Schimpansen.»
Tiff sieht mich an wie einen von einem anderen Stern.

Worauf man in diesen Häusern süchtig wird?
Übergeborgenheit. (I)
Keine Verantwortung. Keine Entscheidung, kein Entschluß wird verlangt. (2)
Und: Hier wird alles registriert, und weil es registriert wird, hat es einen Sinn. (3)
Ob man von selbst aufsteht, sich wecken läßt, bereits angekleidet ist, wenn die Schwester morgens kommt, aufgejagt werden muß oder sich nicht aufjagen läßt, lie-

gen bleibt – ob man sich angekleidet, im Morgenmantel, im Pyjama zum Frühstück setzt, alles wird beobachtet, weitergeleitet, gespeichert, registriert. Ob man was sagt.

Was man sagt.

(Und wenn ein Chronischer an einem Tag etwas sagt, was er nicht schon in den letzten zehn, zwanzig Jahren jeden Tag gesagt hat, erhöht man bereits die Dosis der Medikamente.)

«Ah, Herr W. hat sich heute rasiert!»

Diesen Satz vergesse ich nicht.

Ob man raucht, ob man singt, ob man rechtzeitig vom Ausgang zurückkehrt oder im Park, am See, in der Stadt gesucht werden muß: Die kleinen alltäglichen Meldungen werden schriftlich, mündlich, telefonisch nach oben weitergeleitet. Am Tisch der Götter, beim Rapport, werden sie zu Diagnosen verarbeitet, kommen als Handlungsanweisungen zurück, als *Therapie*: Pillchen, Tröpfchen, gutes Zureden, böses Zureden, Versetzung auf die geschlossene Abteilung, Dauertropfinfusion, Entspannungs-, Dämmer-, Schlafkur, Turnen, Musik- und Ergotherapie.

Weitere Beobachtungen und Meldungen über den Erfolg der Therapie.

Im allgemeinen bewirkt wenig Erfolg mehr Therapie.

Ob Sie sich täglich spontan rasieren, entscheidet über die Dauer Ihres Aufenthaltes, über die Schäden am Gehirn, die wir chemisch und elektrisch setzen, bis Sie es tun.

Über diesen Regelkreis und seine gigantischen Verstärker steuert letztlich ein jedes Individuum, eine jede Monade, doch wieder sich selbst, macht sich selbst gesünder, normaler, verurteilt sich selbst zum Hospitalismus,

zum Schicksal des Langjährig-Chronischen, zum Geheilt-Gebessert-Unverändert-Gestorben-Klinikaustritt.
Daß einer in verschlechtertem Zustand nach Hause entlassen wird, ohne gleich tot zu sein, kommt vor, wird jedoch statistisch nicht erfaßt.
Außerdem beschäftigt sich, pausenlos, die psychiatrische Wissenschaft mit einem jeden von uns. (4)
Einige fangen an, selber Fachliteratur zu lesen, Ella zum Beispiel, verwenden den Fachjargon: gutausgebildete, erfahrene Patienten. Nein, so wie der Uhrmacher aus dem Jura spricht Ella nicht, der von seiner, und Tiffs, Ärztin lakonisch sagt: *«Oh, la P. – ce fléau de Dieu!»* Gottesgeißel, das ist kein Ellascher Ausdruck, sie würde dasselbe in der allesverstehenden, allesverzeihenden Sprache der Psychologie sagen. Das ist ihr gutes Recht, und kein Mensch hört ihr zu.
Selbst wenn sein Arzt ihm nur einmal, zweimal wöchentlich zugrinst, sagt: «Guten Tag, wie geht's?», ohne eine Antwort zu erwarten, abzuwarten, ist dennoch der Patient überzeugt: Auch wenn ich meinen Arzt nicht beschäftige, beschäftige ich doch unablässig die medizinische Wissenschaft.
Tiff würde sagen: Ich kenne die medizinische Wissenschaft nicht.
Tiff ist unausstehlich, treibt seine kranken Kollegen einen nach dem andern auf die Palme.
Sie beschimpfen ihn, nennen ihn *Bébé*, Rotznase, Widerling.
Ich lächelnd: *«Mon grand garçon –.»*
«Mein großer Junge», nenne ich ihn, auch wenn er unausstehlich ist.
Meine eigenen Söhne fallen mir ein, deren Herzen ich

suche und nicht mehr finde, abgetakelt im Irrenhaus. Die Geschichte von David und Saul, die man verschieden lesen kann.

Die Tage vergehen.
Graue Regentage, wolkenverhangen, die kaum umzubringen sind. Heiße Frühlingstage. Man muß die Mittagssonne fürchten, weil das Thioxanthen Haut und Augen auf Licht sensibilisiert.
Die Unvorsichtigen holen sich einen Sonnenbrand. Nur Tiff bleibt weiß, zieht sich allerdings auch nie aus, wenn wir uns mittags in den Sand legen, Tiff spielt mit seinen unermüdlichen Händen, ich starre in den Sand, in den blauen Dunst über dem See. Wir sprechen über Gott, über den Weltuntergang und über die Kelten, die schon untergegangen sind.
Nebenan La Tène, keltisches Kulturzentrum, nach neuester Erkenntnis in einer Katastrophe untergegangen wie Pompeji, in den Fluten allerdings, nicht unter der Lava, dementsprechend schlechter konserviert.
Alle tausend Jahre ungefähr fraß sich nämlich der Fluß Aare, statt ordentlich nach Osten zu biegen, ein Bett nach Westen direkt in den See von La Tène.
Astérix, Obélix, Idéfix – niemand weiß zum Beispiel, wie sie ihre gigantischen Steine transportierten.
Tiff: «Warum nicht durch Geisteskraft?»
Der Untergang von Atlantis, das beschäftigt ihn.
Fixe Ideen wachsen in der Mittagssonne, am Seeufer, im Sand.
Wir wollen ein Menschenopfer veranstalten. Es muß eine schöne Feier werden, mit Musik und einem großen Feuer, der junge Dan gekreuzigt, vor dem Hintergrund

des Sees, in diesem wahnsinnigen Abendlicht, das uns erst auf diesen Gedanken gebracht hat. Tiff schneidet Bäume zu, die er gefällt hat, ganze Stämme, woher die Kraft?
Dan, Nachfahre der Romanows, freut sich, Mittelpunkt einer schönen, archaischen Szene zu sein.

Die Opferung muß immer wieder verschoben werden. Tiff hat seine schlechten Tage, zieht sich zurück. Dan hat plötzlich doch Probleme mit der Kreuzigung, weil er der Ewige Jude ist. Schönes Wetter muß sein, eine Vollmondnacht.
Mir wird der Gedanke immer unheimlicher, als Opferpriester unter Wahnsinnigen zu amten.
Wir einigen uns auf ein Schein-Opfer, um weniger Schwierigkeiten mit der Verwaltung zu haben, mit den Ärzten, der Direktion: Wie hätte man wohl einen Opfertod abgebucht, statistisch erfaßt?
Wir erklären uns bereit, auf Musik zu verzichten, weil sich das schwer organisieren läßt; in diesem Augenblick verreist Dan, kommt in irgendein Institut für die Söhne der Reichen bei Triest, weiß selbst nicht genau, wo es liegt.
Tiff sagt bloß: «Nun war die ganze Arbeit umsonst ...»
Die zugehauenen Stämme vermodern im Unterholz.
Tiff schnitzt sich eine Pansflöte, die Rohre schneidet er in dem kleinen Bambusbestand, dem Stolz des Hauses, im Park. Tagelang schaue ich zu, wie seine Hände, kräftig, zärtlich, ungeduldig und zäh die Pfeifen zuschneiden, acht ganze, zwei, drei halbe Töne, wie's eben kommt.
Die Flöte hat keinen vollen Ton, ist nicht richtig ge-

stimmt, sieht jedoch sehr kunstvoll aus.
Tiff spielt sich an dem unmöglichen Instrument die Lippen blutig.
Gibt die Flöte auf, fängt an zu malen wie wild.
Ich lobe ihn.
Abends bauen wir uns ein großes Feuer am See. Tiff schleppt trocknes Holz an; das Feuer ist eine Pracht.
Die Dämmerung bricht ein, wir schlottern.
Das ist das Ende der Sandburgenzeit.

Was kommt danach?
Zwei, drei Wochen später die partielle Mondfinsternis.
Wir hocken im Sand, betrachten uns das kosmische Ereignis. Meine Augenstörung ist so beschaffen, daß ich den halbverfinsterten Mond wie eine Bananentraube sehe.
Tiff gähnt, unter der Einwirkung der Medikamente.
Sobald die Finsternis ihren Höhepunkt erreicht, trotten wir, enttäuscht und traurig, in unsern komfortablen Fuchsbau zurück, legen uns schlafen.
Außer uns beiden hat niemand sich für die Eklipse interessiert. Unsere kranken Kollegen schnarchen, träumen, wälzen sich in ihrem künstlichen Schlaf.
Tiff entgleitet mir, ich entschwinde ihm.
Unsere zunehmenden Gesundheiten sind unvereinbar.
Tiff sagt tagelang kein Wort.
Ich hasse mich.
Etwas ist zu sagen über den Park: In der Monddämmerung war er trist und staubig und ziemlich klein.

15

25. August
Den Park werde ich meiner Ärztin nicht schildern. Sie müßte ihn nach all den Jahren kennen. Wie oft ist sie durch den Park gelaufen, auf Patientenjagd, hat ihre Siesta an dem schmalen hellen Sandstreifen unten am Seeufer verbracht. Und doch kennt sie den Park nicht oder *als* einen völlig andern Park, ohne Halluzinationen, vogelfrei. Dafür voll von Notfällen und Selbstmorddrohungen.
An den Grabsteinen der kleinen D.s, scheint es, kam sie nie vorbei.
Tiff muß sie mir auf einem unserer ersten Spaziergänge gezeigt haben – bescheiden, bemoost, in einem kleinen Gehölz; der Große D. hingegen ließ, wie bekannt, seinen hellen Sarkophag, weithin sichtbar, mitten auf die große Wiese stellen, in die Schneise, die vom gelben Hauptgebäude zu dem weißen kleinen Strand am See führt.
Pro memoria: Alle Irrenhäuser sind gelb.
Aber warum?
Der Gründer des Hauses, der Große D., war ein Herr, der vor hundertfünfundzwanzig Jahren mit Kaffee, in Bahia, ein Vermögen gemacht hat. Danach packte ihn das schlechte Gewissen; er wollte wenigstens für seine benachteiligten Landsleute etwas tun.
Das große gelbe Hauptgebäude wurde demnach von Anfang an als Irrenhaus gebaut, nicht, wie man meinen könnte, als Villa, schloßähnliches Herrenhaus.

Nein, den Park werde ich meiner Ärztin nicht schildern; ich weiß allerdings, was sie sagen wird: «Ich möchte wissen, wie *Sie* den Park erlebt haben …»
Eine umwerfende Argumentation.
Vermutet sie, dieser lächerliche, wenn auch unvergeßliche Park hätte bei meiner Heilung eine ausschlaggebende Rolle gespielt?
Ich frage mich, ob dies noch eine gesunde Neugier ist.
Als ich mich dem Chefarzt vorstellte, zwei Wochen vor Eintritt, in jenem Frühling, der allzuleicht als *prangend* beschrieben wird, Forsythien, Ribes, gelbe Weiden in dem grellen, heißen Licht, sagte ich zu ihm: «Der Park ist jedenfalls unvergeßlich.» Nicht etwa: «Wie bewundere ich Ihre Weitsicht, Ihre Kunst, wie vertrauensvoll begebe ich mich in Ihre Hand!»
So etwas erwartet ein Chefarzt; zu Recht – wie schwer ist doch sein Amt, lastet die Wucht der Verantwortung.
Und etwas von einem Druiden hat doch ein jeder, von einem kleinen Panoramix. Ich habe den vierten oder fünften Herrn D. allerdings nie auf den Bäumen des Parks nach Misteln suchen sehen. Seine Misteln kamen in Fläschchen, Röhrchen, Gläschen, Ampullen aus Basel und Kopenhagen.
Potiones magicae sind es eben doch; verleihen demjenigen unheimliche Kräfte, der sie verschreibt, schwächen und entmannen denjenigen, der sie, Heilung suchend, schluckt.
Daß der Park noch immer der D.schen Stiftung gehört, störte mich nicht. Ich werde stets in fremden Parken leben.

Einen Augenblick lang war Tiffs Zeder, Tiffs Wellingto-

nia auch meine Zeder, meine Wellingtonia.
Ich zeigte Tiff die Tauben und Spechte, wies ihn hin auf den Gesang der Nachtigall.
Tiff sagte: «Ich kenne die Namen der Vögel nicht ...»
Ein sehr einfacher, banaler Satz. Aber bei Tiff war eben nie etwas banal.
Wenn ich das meiner Ärztin klarmachen könnte, zum Dank für ihre aufopfernde Behandlung, zum Beispiel, hätte ich etwas für sie getan; wenn sie das verstünde, hätte sie etwas begriffen von der Psychiatrie, die sie betreibt.
Nur leider kann ich auch nicht mehr sagen als: Bei Tiff war nie etwas banal.
Ich fürchte, das hat sie von mir schon mal gehört.
Selbstverständlich heißt es nicht: Ich kenne die Namen der Vögel nicht; heißt, auch auf französisch: Ich kenne die Vögel nicht. Die zu Gradmessern des Überlebens geworden sind. Tiff jedoch, völlig selbstverständlich: *«Je ne connais pas les noms des oiseaux ...»*
Ich weiß nicht, wie oft wir durch den Park gegangen sind, Tiff und ich, er mit seinem leichten, raschen, wenn auch pharmazeutisch gebremsten Schritt, die Schultern schützend eingezogen, starr – ich schlurfend, mit weichen Knien, thioxanthengehemmt ...
Allmählich gewannen die Bäume ihre scharfumrissene Form zurück, die Vögel ihre Namen, der Park seine Staubigkeit, sofern er nicht vom Regen genäßt war.
Eins habe ich dabei gelernt, davon werde ich zu der Ärztin sprechen müssen, es gehört zu ihrem Fach; daß unser Alltagsbewußtsein, das unerschütterliche, technisch so ungemein erfolgreiche, nicht mehr ist als ein dünner Film über den Ozeanen des Unbewußten, die jederzeit

aufbrechen, den Deich durchbrechen können.
Das habe ich wohl vorher schon gewußt.
Schlimmer, apokalyptischer ist allerdings, daß sich die Normalen, perfekt Programmierten, so leicht umprogrammieren lassen, die Angepaßten, die heimlichen Chaoten: zu Blut und Mord und Totschlag, Vernichtung, Untergang.
Dagegen waren die paar Prozent Wahnsinnigen, Selbstmörder und Süchtigen noch nie ein Problem.
Das ist zu allgemein, darüber kann ich mit der Kollegin nicht reden: Das Thema bin in unseren Gesprächen *ich*.
Alles andere wirkt ausweichend, unwesentlich.
Abwehr.
Widerstand.
Verdrängung.
Ja?

Gut, mein Heimweh nach der Psychiatrie hat sich als Heimweh nach der Psychose entpuppt.
Wen wundert's.
Ich fürchte, meine Ärztin würde nicht verstehen, was ich damit sagen will. Eine literarische Floskel dahinter vermuten. Mir geht es jedoch um etwas Einfaches, Elementares: Wenn ich schon in der Normalität nie völlig zu Hause bin, einmal in der Psychose zu Hause sein, nicht ständig in jenem entnervenden Zwischenbereich!
Darüber habe ich mit ihr gesprochen. Sie musterte mich sekundenlang durch funkelnde Brillengläser.
«Sie sind eben einer, der schreibt ...»
Im übrigen hält sie mich wohl für fast erschreckend normal. Kann sein. Manchmal glaube ich es selbst.

Ich lebe wie ein Invalider, stehe früh auf, senile Bettflucht, depressiver Morgencafard, trinke Kaffee mit meiner Frau, lese einige Äpfel im Garten auf, rauche, besorge kleine Hausarbeiten, rauche. Für einige Stunden in der Woche ziehe ich mich um, besorge meinen Job.
Setze mich an den Schreibtisch: Meine Erinnerungen bedrängen mich und entziehen sich mir zugleich.
Ich werde meiner Ärztin sagen: «Eine miserable Therapie.» Meine Erinnerungen sind mir peinlich, nicht weil ich so etwas durchgemacht habe, sondern weil es mir gefiel. Man stellt sich diese Häuser als Hölle vor, deshalb spricht man darüber nicht.
Nun bin ich aber keineswegs der einzige, der zeitweise glaubte, *draußen* nicht mehr leben zu können. Und das ist peinlich. Es würde bedeuten, daß nicht das Irrenhaus, sondern unser tägliches Leben die Hölle ist …
Ist es ja auch.
Aber das ist nun wirklich Literatur.

Noch kein Zeitalter, keine Gesellschaft hat so unermüdlich, am Fließband, in Serie, Randexistenzen produziert, und anschließend solche Heere von freiwilligen und professionellen Betreuern für sie mobilisiert.
Es ist nicht klar, will diese Hochleistungsgesellschaft sich einen kleinen Zoo halten: unangepaßte, kuriose Existenzen, Freaks, eine Sehenswürdigkeit, ein Ventil…
Oder versucht sie tatsächlich mit Psychologie, Psychopharmakologie, Elektrophysiologie die Freaks, die sie hervorgebracht hat, sich wieder einzuverleiben, sie zu nützlichen Gliedern derselben Gesellschaft zu machen, die sie zuvor ausgestoßen hat?
Viele wollen es ja, lächeln dankbar ihren Arzt an, der ih-

nen die Medikamente verschreibt, die sie unterkühlen und enthirnen. *Endlich* sind sie so ruhig und brav und folgsam, wie die Institution es haben will, die Bequemlichkeit des Pflegepersonals. Auch sind sie sich ja längst fremd und unheimlich geworden, in ihren Wahnsystemen, ihrer grandiosen Manie. Sie haben die Hölle der Menschheitsgeschichte in ihrem hohlen Bauch, tragen die Schuld der Welt auf allzu schmächtigen Schultern – an grauen Regentagen, leeren Sonntagen, wenn es viel braucht, damit nur überhaupt die Zeit vergeht!

Ich habe die großen Schrecknisse der Irrenhäuser nicht am eigenen Leib erfahren, bloß das sanfte, alles durchdringende System.
Über Angst und Schrecken des Delirs breitet wohltätig sich Vergessen aus, Erinnerungslosigkeit.
Weshalb schreiben die Dichter, die jahrelange, lebenslängliche Internierung gekannt haben, darüber nicht?
Robert Walser zum Beispiel hat es nicht getan, schwieg.
Muß man verstummen?
Oder ist es nicht erwähnenswert, gewöhnt man sich daran –?
Was ich kennengelernt habe, ist nicht die Notwendigkeit des Verstummens, aber die Lust dazu.
Lust, bloß noch da zu sein – eine sich eben noch selbst fortbewegende Pflanze, ein selten gewordenes Tier, ein archaisches Wesen *vor* der Trennung in Tierreich und Pflanzenreich – und irgendwo, zuhinterst in der Schädelkapsel ein pausenlos funktionierendes, kleines Organ, das alles lückenlos registriert.
Das Fernsehzimmer, unbewohnbar gemacht durch seine Möblierung, brauche ich der Kollegin nicht zu schil-

dern, sie kennt's. Es scheint, als sei das teure, neue Mobiliar dieses Raumes, das an eines jener fürchterlichen Vorstadtcafés erinnert, der besondere Stolz der Anstaltsleitung. Sie zeigen es gerne her, bei Besichtigungen, damit die hochmögenden Besucher auch sehen, wie gut es die kleinen Irren haben in diesem Neubau, in dem man keinen Nagel in die Wand schlagen darf – nicht einmal Tiff, der schließlich hier ein entscheidendes Jahr seines Lebens wohnt, der gern seine Bilder aufhängen würde, ein Heimwehfoto seiner Berge; ‹das Haus› versteht in diesem Punkt keinen Spaß.
«On s'emmerde ...» sagt Tiff.

Man sitzt herum. Die kleinste Aktion wird zum Ereignis. Man wird zu faul für einen Gang zum See – bis zur Zeder vielleicht noch, fünfundzwanzig Schritte, aber eigentlich: wozu?

Bei seiner ersten Erkrankung war Tiff in einer anderen Klinik, mit anderen Methoden, wie es scheint. Er wurde in eine Einzelzelle gesperrt, aufs Bett geschnallt, in seiner Angst. Vermutlich verwendete man auch härtere Medikamente. (Ich sage nicht, daß dies nicht nach allgemeiner wissenschaftlicher Auffassung durchaus berechtigt war.)
«Da gab's wenigstens etwas, gegen das man sich auflehnen konnte ...» sagt Tiff.
Hier geht alles wie durch Watte; wenn man mal ein bißchen tobt, Glas zerschlägt, einem Pfleger ein Glas Wasser ins Gesicht, einer Schwester die Tropfinfusion vor die Füße wirft, ist man nachher immer noch der Herr W.
Alles ist freiwillig, nicht nur Disziplin, auch Eintritt und

Austritt, dabei ist ein Patient doch etwas Sanftes, Gehorchendes.
Aber wem will er denn gehorchen – einem anonymen Apparat?
Aus der bemerkenswerten Mischung von Aufmerksamkeit und Registrierung von allem, was getan und unterlassen wird, mit der hinterhältigen Freiwilligkeit entsteht eine merkwürdige, schleichende Form von Deprivation. Man fürchtet sie, *und* man nistet sich darin ein. *Alle* sind Gefangene der Methode: die Ärzte, die sich ein Leben außerhalb der Klinik gar nicht mehr vorzustellen vermögen, zumal die Besoldungsordnung dieses Verhalten fördert; die Schwestern und Pfleger aus demselben Grund, jedoch auf bescheidenerem Einkommensniveau; und wir, die Irren selbst.
Das System kommt etwas Verborgenem in uns entgegen; wir sind gern verantwortungslos, geborgen, ausgestattet mit Narrenfreiheit, an Kindes Statt, all das wurde schon erwähnt; es kommt jedoch hinzu, daß *uns* graut davor, wie man ‹im Leben draußen› zu sein hat: *arrogant, prépotent, méchant.*
Arrogant, überheblich, bös.
Das wenigstens erwartet hier niemand von uns.

Wir haben längst gelernt, anzunehmen, daß unsere Ängste aus unserem Inneren kommen. Man kann sich dabei höchstens fragen: Wie kamen die Ängste hinein?
Wenn ich bloß von großen Ängsten reden könnte, mit meiner Ärztin, die alles wissen will!
Nun gibt es da aber anstelle von Angst, genauso unerklärlich, so etwas wie ein vegetatives Glücksgefühl.
Das macht mich verlegen – auch weil die Kollegin mich

ständig mißversteht, anfängt, mich zu beneiden (*beneidenswert* ist dieses Glück nicht, aber wie erklärt man das?), alles immerzu auf den idiotischen Park bezieht, ihre aufopfernde Behandlung.

Zum Glück brauche ich's niemandem zu erklären. Meine Ärztin hat kein Recht darauf; schließlich hat sie, für teures Geld, selber studiert.

Müßte ich eine Erklärung erfinden, ich käme auf Chemie; nicht die Chemie aus Basel und Kopenhagen, vielmehr das mütterliche Reich der *Materie,* zu dem wir anders als über Süchtigkeit und Wahnsinn keinen Zugang mehr finden, ein archaischeres Funktionieren des Gehirns.

Die Ärzte, in ihrer tatsächlichen oder scheinbaren Gelehrsamkeit, wissen nichts von uns. Sie schwärmen aus, nach ihren endlosen Rapporten und Kaffees, tragen spitze Schuhe, rauchen teure Zigaretten, sagen: «Guten Tag, wie geht's?»

Lassen sich von den Schwestern berichten; *aber* sie haben nicht begriffen, daß unsere winzigen Sorgen und Nöte riesengroß werden, durch den Lupeneffekt einer stillstehenden Zeit. Nirgends wird so oft, so permanent, nach der Zeit gefragt, auf die Uhr geschaut wie auf einer solchen Abteilung.

Als müßte man nachsehen, ob es die Zeit noch gibt.

Ceci n'est pas une vie.

Leicht gesagt. Es ist eben *doch* ein Leben, man klammert sich dran. Vorstufe einer vollkommen beruhigten Gesellschaft: jeder verrichtet noch drei, vier Stunden Scheinarbeit am Tag. Der Rest wird von lautlosen Funktionären, geräuschlosen kybernetischen Apparaten unauffällig, schließlich unbeachtet besorgt.

Ein Bild von beinahe halluzinatorischer Deutlichkeit, dennoch unfaßbar: Am Vormittag des dritten Sonntags sitze ich vor dem Neubau, halte ein Buch in der Hand. Um zu lesen, habe ich die Brille abgenommen, halte das Buch dicht an die Augen, das heilige Buch der Maya, Popol Vuh.

Dabei interessieren mich Mythen gar nicht, nur die *Erfahrung,* die dahintersteckt, und die hätte ich lieber in unmittelbarer Form, nackt.

Als ich an diesem, dritten, Sonntagmorgen erwachte, war das System meiner kleinen Anstaltsgewohnheiten längst perfekt. Es hätte ewig so weitergehen können, meiner Meinung nach. Ich fragte mich, was das Leben sonst sei, wenn nicht ein System von kleinen Gewohnheiten, deren Ursprung man vergessen hat oder erinnert, oder: erinnert *und* vergessen hat.

Ich kann der Ärztin alles und jedes erzählen, so wie es war oder nicht war, und jedesmal beifügen: Alles bedeutet hier etwas, alles wird registriert; und weil es etwas bedeutet, wird es registriert; bedeutet etwas, weil es registriert wird. Schon wenn ich mich morgens spontan rasiere, ist das erwähnenswert; wenn einer in den Park läuft, zur nahen Stadt, die Schwäne zählt, dann ist das ein Ereignis – ob ich meine Eier drei oder vier Minuten koche, zum Frühstück, darüber entsteht schon die größte Diskussion.

Das wird eine Stunde füllen, oder zwei.

Sie weiß natürlich, wie genau alles registriert wird.

Ich werde jedesmal hinzusetzen: Deshalb bedeutet es etwas.

Ich werde gar nicht versuchen, mich verständlich auszu-

drücken. Mein Lebtag habe ich mich verständlich ausgedrückt. Mir reicht's.
Auch wenn ich stundenlang in der Sonne sitze und gar nichts tue, bedeutet es etwas: «Monsieur W. sitzt in der Sonne und tut gar nichts ...»

Gut, ich werde der Ärztin doch erzählen, was das für ein seliger Zustand war, diese sechswöchige Gedankenlosigkeit. Daß ich das Nachdenken und die Nachdenkenden verachtet habe, einschließlich mich selbst, meine rund vierzig (nach)denkenden Jahre lang. Inzwischen mußte ich meine Einstellung wieder ändern – aber ich kann noch heute nicht finden, daß Nachdenken etwas Großartiges ist, verglichen mit jener anderen, ursprünglicheren Möglichkeit des Gehirns: Wahrnehmungen und Einsichten zu haben.
Vermutlich wird die Kollegin den Unterschied, zwischen (Nach-)Denken einerseits, und Wahrnehmungen-und-Einsichten-Haben andrerseits, nicht erfassen.
Sie wird es sich nicht anmerken lassen, daß ich, für sie, unverständlich spreche – teils aus Höflichkeit mir gegenüber, teils aus einem Rest an Selbstachtung heraus.

Ich könnte, selbstverständlich, wieder mit den Fotos anfangen, den Fotos von Tiff am Sandhaufen, seine Hände, sein Haar, sein zerstörtes Gesicht.
Ich könnte der Dame die Fotos beschreiben, die sie längst gesehen hat und die man, selbstverständlich, nicht beschreiben kann.
Ich muß den Jungen sehr geliebt haben.
Man sieht es den Fotos an.
Ich finde überhaupt, daß Fotos über den Fotografen

mehr aussagen als über den Fotografierten.
Aber das behalte ich besser für mich. Sonst hält sie mich am Ende für blöd.
Kann sein, daß ich tatsächlich leicht verblödet bin.
Der junge Venezianer sagt: «Die haben mich hier total verblödet ...»
Zählt sämtliche Medikamente auf, die er bekam oder bekommt, die ich ebenfalls bekomme oder bekam.
«Alle bekommen dieselben Medikamente, ich habe das ausspioniert ...»
Das stimmt nicht ganz. Auch ich habe mich informiert. Man hat zwei Jahre lang täglich sein Klavierspiel gelobt, obgleich er ganz unbegabt ist. Im übrigen hat man ihn mit Psychopharmaka vollgestopft. Dann ließ man ihn sitzen, im Schatten der Zeder. Er lernte nichts, er wurde bloß älter dabei.
Sagt: «Es ist schwer zu erklären, wie es hier zugeht ...»
Tiff sagt: «Im Grund hat man's hier schön, *zu* schön ...»
Kommt alles von dieser verfluchten Freiwilligkeit. Ferner, fürchte ich, zeigt meine Ärztin eine verhängnisvolle Ehrfurcht vor jeder Art von künstlerischer Betätigung. Jedenfalls, scheint es, sie hing an uns, dem Musiker, dem Maler und mir. Sie hätte auch mich dreizehn Monate, zwei Jahre behalten, tagtäglich meine unbeholfenen künstlerischen Hervorbringungen gerühmt.
Und wenn ich gar ein *Gedicht* geschrieben hätte!
Unausdenkbar.
Das einzige Gedicht, das ich in der Klinik geschrieben habe, zeigte ich ihr nicht.

Dritter Teil

16

3. September
Wieder bei meiner Ärztin gewesen, nichts von allem erzählt. Wollte nicht, konnte nicht, war wie vernagelt, vertrotzt, stumm.
Dann sprachen wir über Medikamente. Davon versteht sie nichts; ich bin eigensinnig, glaube nichts von dem, was man liest.
Was nicht süchtig macht, hat keine Wirkung, sage ich.
Saulaune, schwarze Dysphorie. Wozu läßt sie mich vormittags kommen? Diese Kuh.
Sie fängt an, *mir* Geschichten zu erzählen. Hätte mich besser zum Teufel gejagt.
Ich hätte es überlebt – aber das glaubt sie nicht. Läßt sich durch Selbstmorddrohungen erpressen, die nie ausgesprochen worden sind.
Ich höre zu, den Kopf schräg geneigt, *scheinbar* höflich und aufmerksam. Tatsächlich frage ich mich: Was bezweckt sie damit?
Hier muß ich anfügen, daß Geld zwischen uns keine Rolle spielt. Sie behandelt mich gratis, hat ihr Fixum und ist ohnehin unfähig, mit Geld umzugehen.
Vor einem Jahr war sie depressiv.
«So depressiv», sagt sie, «daß mir die Schönheit der Bäume im Park nichts mehr bedeutete ...»
Damit will sie vermutlich andeuten, daß sie mich versteht.
Ich habe ihr nämlich mal gesagt, daß das für mich das Schlimmste war, als ich plötzlich meine Natur nicht

mehr hatte, die Vögel, die Bäume, den See …
Zu der Zeit fing ich an, mich für behandlungsbedürftig zu halten.
Die Ärztin spricht so lange und ausführlich von sich selbst, ich schweige so beharrlich dazu, daß man sich fragen muß: Wer ist hier der Patient?
(In der Klinik, wie könnte es anders sein, zirkulieren längst Gerüchte zu diesem Thema.)
Nicht mein Problem.

Sie rafft sich auf, läßt sich was einfallen – man sieht es ihr förmlich an, wie es ihr einfällt; so ein bequemer kleiner Einfall, wie man sie zur Hand hat, ohne daß es weh tut, wie ein Gedanke, aber genau richtig in dieser Situation. «Sie gefallen mir heute gar nicht», sagt sie. «Sie sind depressiv!»
Na, wenn schon.
Wer heute nicht depressiv ist, ist verrückt.
Ich mag es nicht, wenn sie solche abgedroschenen Wörter für mich verwendet.
Sie kommt nicht mehr von dem Thema los. Will, daß ich im Oktober zurückkomme in die Klinik.
«Nur für kurze Zeit!»
Möchte wissen, was in der *kurzen Zeit* passieren soll. *Anregend* ist das Milieu nicht!
Da bin ich mir plötzlich nicht mehr so sicher.
Ich war an diesem Morgen etwas zu früh zur Sprechstunde in die Klinik gekommen, hatte mich in den Neubau zu den Schwestern gesetzt, Pulverkaffee getrunken, von dem frischen knusprigen Brot gegessen. Zum erstenmal wieder etwas verspürt von der ungeheuren Geborgenheit, die ein solches Haus vermittelt.

Gedacht: «Am Ende bist du tatsächlich wiedereintrittsreif.»
Die schlechte Laune später ging auf Konto meiner Ärztin, nicht zum erstenmal. Aber warum?

Nach der Sprechstunde mit der Kollegin treffe ich Tiff. Er hat seine Gotteskindsicherheit verloren, das Ungeheuer des Zweifels plagt ihn, wo er geht und steht, auch im Traum. Er will austreten aus der Klinik, kann nicht. Ist verrückt genug, sich ausgerechnet in der Klinik einen Job zu suchen!

Wir setzen uns in meinen Wagen, fahren einige Kilometer: auf eine Jura-Wiese, lockerer Tannenbestand, voralpine Trockenflora, oder fast; manchmal, wenn es ausgiebig regnet, gibt es auch Pilze hier, eßbare körbevoll, schöne Bestände von Fliegenpilz. Die wollte ich Tiff zeigen, fand sie jedoch nicht. Wahrscheinlich war es zu trocken, zu früh im Jahr.
Statt dessen fanden wir Tollkirschen, große Stauden, mit schwarzen glänzenden Beeren.
Tiff, tief beeindruckt: «Man braucht», sagt er, «man braucht also nicht einmal in eine Apotheke zu gehen ...»
Wenn man einen umlegen will.
Er pflückt einen schönen Stengel für Goll.
«Schauen, was er damit macht!»
Bekanntlich frißt, säuft, raucht, fixt Goll *alles*, was ihm in die Hände kommt.
Wir Irre sind nicht immer so harmlos, wie man uns gern haben möchte, und gelegentlich nützen wir unsere Narrenfreiheit ganz schön aus.
Tiff hat sich also von Goll abgenabelt. Das freut mich;

es beelendet mich aber auch, weil er jetzt gar niemand mehr hat.

Nach der Rückkehr aus den Tollkirschen sitzen wir vor dem Neubau, trinken Ellas Pulverkaffee, den Tiff mir großzügig offeriert.
Tiff behauptet, Ella sei ekliger und unerträglicher als je. Er versucht mit ihr das zu machen, was er die *Ignorothérapie* nennt. Aber ohne seinen väterlichen Freund klappt's wohl nicht so recht.

Lauter Geplagte, ausnahmslos, auch Ella, auch Tiff, auch die Ärztin, auch ich.

17

Abends schleppe ich Tiff in die Cafeteria. Die Damen kommen mit, freuen sich, von den Herren ausgeführt zu werden, kichern, stellen ihre Füßchen dicht bei dicht unters Tischchen, benehmen sich, wie man's von Damen erwartet, gesittet. Ich hole Kaffee für die Schläfrigen, Traubensaft für die Schlaflosen. Die Damen lächeln artig, bedanken sich.
An der Theke der dunkle langhaarige Junge, nippt wie ein Vogel an seiner Tasse, steckt eine Zigarette an der andern an. Tiff und er lächeln einander nicht einmal zu, dabei haben sie eine Zeitlang das Zimmer geteilt.
Inzwischen habe ich gelernt, meine Kollegen zu erkennen: die Langjährig-Chronischen an der Demut, ihrem Betteln um Zigaretten, an ihrer Einsamkeit, dem Vor-sich-Hinreden, ohne Hoffnung auf Antwort; die Fixer an ihrem krummen, lahmenden Gang; die Pot-und-Acidheads an den O-Beinen, dem diffusen, verklärten, erstaunten Blick.
Gelegentlich trifft man eine Clique von ihnen im Park. Sie rauchen zu Flöten-und-Gitarren-Spiel ihr verbotenes Kraut. Das Verteilersystem klappt vorzüglich. In ihren bunten Umhängetaschen schleppen sie den Stoff ein, so wie die lallenden alten Alkoholiker ihren Saft.
Ich frage die Damen nach weiteren Wünschen. Weitere Wünsche haben sie nicht, alle auf ihre Linie bedacht. Andrerseits starren sie gierig auf die Patisserie. Ich nicke aufmunternd. Aufmuntern jedoch lassen sie sich nicht. Qualvolle Stille herrscht in der Cafeteria, es riecht süß-

lich nach Bodenwichse, Zuckerzeug, fadem Kaffee.
Einzelne Lacher unterstreichen die Peinlichkeit.
An den Wänden Bilder, offensichtlich von Irren gemalt.
Das größte von allen fasziniert mich, eine Tänzerin, plump wie ein Stein, grelle Farben, ein silbernes Röckchen, halb Ballerina, halb Clown.
Tiff fragt, ob es mir gefalle. Ich sage ja.
Tiff: «Ich kann es nicht ansehen ...»
Mich fasziniert in der Cafeteria der Hauch von altem Irrenhaus; für Tiff, der es am eigenen Leibe erlebt hat, ist es zuviel.
Man hat ihn, seinerzeit, je mehr er Angst hatte, brüllte und um sich schlug, desto enger aufs Bett gefesselt, freilich mit sorgsam gepolsterten Gurten, damit der gequälte Geist körperlich keinen nachweislichen Schaden nahm.
Wenn wir abends am See sitzen, seine Berge, bei Föhn, zum Greifen nah, sehnt er sich nach Hause zurück.
«Quand on était gamin, on s'amusait tout le temps ...»

Man spielt honorable Gesellschaft, abends in der Cafeteria – Gemeinschaft derer vom Neubau, gegenüber denen von den geschlossenen Abteilungen. Nur Tiff spielt nicht mit. Spielt kein einziges dieser kleinen Gesellschaftsspiele mit.
Tiff vereinsamt.
Hat in den dreizehn, vierzehn Monaten hier keinen einzigen Freund gefunden, keinen Copain, außer mir.
Aber die Zeit der schönen *Folie à deux* ist vorbei.
Wir verlieren uns.
Daß wir dieselben Medikamente schlucken, hilft nicht mehr.

Tiff steht unvermittelt auf und geht. Ich entschuldige mich bei den Damen und folge ihm. Die Damen erheben sich ebenfalls. Im Korridor des Neubaus trifft man sich wieder. Hier fühlt Tiff sich wenigstens einigermaßen zu Hause.
Seine Kartentricks, Kartenhäuser, pyromanen Spiele: Ich bewundere sie.
Die Damen geben sich teils amüsiert, teils sind sie erbost. Monaden, mit empfindlichen Antennen, ausgestreckt, nach einem *Du*, das niemals kommt, deshalb auch gestrandet, hier.
Tiff, trotz seiner schlimmen Tage, *vielleicht* der Glücklichste von allen. Hatte er nicht in den tiefsten Tiefen seines Unbewußten Gott gefunden?
Wenn Tiff seine bockigen Tage hat, sondert er sich ab. Ich würde ihn am liebsten sitzen lassen, finde jedoch, eben jetzt müßte ich etwas für ihn tun.
Kleine Vorschläge: Ergotherapie? Musikhören? Gehen wir einen Schritt in den Park?
Tiff: *«Oh non.»*
Allenfalls, als Begründung: *«Ça m'dit pas.»*
Setzt sich abseits, kehrt mir den Rücken zu, kaut an Grashalmen, steckt sich Blumen ins Haar – bis er plötzlich einen Lorbeerkranz flicht, sich den aufs Haupt setzt, herumläuft wie Cäsar – und wieder lieb und gut und zugänglich ist.

An Tiffs guten Tagen sind wir wieder ein Herz und eine Seele, werkeln gemeinsam in der Ergotherapie, hören Golls Platten auf Golls Anlage und zeichnen, am Boden auf dem Bauch liegend, wie wild, gelegentlich gleichen sich unsere Zeichnungen sogar, der Strich.

Beim Einnachten auf Schleichwegen in die Gärtnerei, stehlen Erdbeeren und Karotten, kommen uns groß dabei vor. Zum Glück erwischt niemand das seltsame Paar, den großen, ewig hungrigen Jungen und den älteren Herrn, der sich strikt an seine Spinat-und-Eier-Diät hält.

Ich werfe Zimmerpflanzen aus dem Fenster, dem Gutsverwalter direkt vor die Füße. Das läßt sich ausbügeln. Aber dann packt mich schwarze Wut: Ich will meine Ärztin sehen!
Sie kommt nicht, also gebrauche ich stärkere Argumente: werfe eine Blumenvase an die Wand, im Flur.
Die Vase trifft Tiffs Bild, den leuchtenden Berg. Das Rahmenglas zerbricht zu traurigen Scherben, ganz langsam, als glaubte es nicht daran.
Das Bild unversehrt, bloß ein paar Wasserflecken im Himmel. Tiff zieht die Schultern ein, sagt kein Wort.

Am nächsten Morgen verkauft mir Tiff das Bild, um das wir lange feilschten. Bessert sogar wortlos den Himmel aus. Unsere Freundschaft hat einen Sprung.
Die Ärztin kommt mitternachts, ermüdet von ihrem Tagwerk, sinkt beinahe von dem einzigen unbequemen Stuhl, den ich ihr anbieten kann. Ich hingegen, hochaufgebaut auf meinem komfortablen Bett, hellwach. Lust, die Alte zu quälen.
Erzähle ihr mein Leben. In allen Einzelheiten. Daß ich mal wieder enttäuscht bin von mir selbst. Umschweifend. Vom letzten Besuch meiner Frau.
«Ich habe einen Fehler gemacht. Ich habe Tiff enttäuscht ...»

Die Ärztin, rauchend, um sich wach zu halten, sagt: «Gott sei Dank haben Sie einen Fehler gemacht – *viele* Fehler!»
Es dauert, bis ich begreife: Eines Tages werde ich gehen, wird Tiff allein sein.
Die Ärztin versucht mir die Ablösung schmackhaft zu machen. Versucht, meine Ehe zu erhalten wie ein Monument. Das kann weiter nicht schwer sein; im Innersten weiß ich selbst, daß sie hält.
Goll, der Riese, Ätheromane, arbeitet nicht mehr.
Nicht einmal völlig seine Schuld.
Ein Paar Schuhe sind verschwunden, an seinem Arbeitsplatz. Natürlich verdächtigt man den, der aus der Spinnwinde kam.
Was tun wir in einem solchen Augenblick: Wir solidarisieren uns, contre cœur, haben keine Wahl.
Goll empört, ganz beleidigte Unschuld: Schuhe!
Wenn er stiehlt, dann Dinge, die sich lohnen, ohne Risiko, in Buden, die unüberschaubar sind wie ein Souk.
Aber doch nicht am Arbeitsplatz!
Schallplatten, jeder stiehlt Schallplatten, Kassetten. Läßt mal eine Flasche Schnaps mitlaufen. Und Drogen, die in den Apotheken Medikamente heißen.
Man bringt dem Apotheker, eine dieser ländlichen Einmann-Apotheken muß es sein, ein altes Großmutterrezept, eine Magistralis Praescriptio. Der Apotheker, je älter, desto besser, ganz aufgeregt, wieder mal etwas selbst mischen, seine sieben Jahre Studium anwenden zu können, geht nach hinten, braut und mischt das Zeug zusammen.
Inzwischen wird vorn das Valium ausgeräumt, das selbstverständlich griffbereit steht, mit etwas Glück auch Speed.

Für Mo. braucht's einen Einbruch. Aber ein Einbruch in eine Apotheke ist auch wieder nicht solch ein Problem.
Natürlich: Goll selber macht so etwas nie!
Stehlen ja, Einbruch nein.
Aber Schuhe! Goll schüttelt sich vor Ekel. Schuhe doch nicht!
Davon überzeugt er uns schließlich sogar. Die Krawatte vielleicht, die er offen zur Schau stellt, aber Schuhe: nein. Oder betteln: Goll macht die hohle Hand, Goll mit dem Riesenbauch, Hemd und Hosen klaffend; innerhalb von Minuten, prahlt er, hat er das Geld fürs Kino, für eine Schallplatte (wenn man eine kauft, ist es leichter, die übrigen dazuzuklauen), für seinen Wein: «Dieses unbezähmbare Bedürfnis des wahren Säufers zu saufen ...»
Stemmt die Flasche an, trinkt einen Liter Rotwein in zwei Minuten fünf Sekunden Bestzeit aus. Ich habe die Zeit gestoppt.
Seine zwei Liter im Tag braucht er, bekommt er, auch hier. Angeblich hat er im Park ein Versteck. Wenn er keinen Ausgang hat, irgendeiner hat immer Ausgang. Gelegentlich hat er Tiff mitgenommen, auf Betteltour. Vermutlich erhöht Tiff die Ausbeute, wie ein krankes Kind.

Goll, der jede Arbeit verabscheut, kämpft um seine Stelle. Ein Posten bedeutet nicht nur Anstrengung, sondern auch Freiheit und Geld!
Goll kämpft also, zum erstenmal im Leben, um einen Arbeitsplatz. Schlägt dem Personalchef vor, vom Fleck weg seine Schränke zu inspizieren. Der Personalchef geht darauf ein.

Aber dann erklärt sich die Hierarchie – vom Arzt über den Oberarzt, den stellvertretenden Chefarzt bis zum Chefarzt – unzuständig, einem Fremden Zutritt zu den Zimmern der Patienten zu gestatten.

Goll, entlassen, zieht sich in seine Gemächer zurück, wie der erzürnte Achill, schwört, sich nie mehr im Leben auf Arbeit irgendwelcher Art einzulassen.

«Sollen die arbeiten, denen es liegt, nicht ich», sagt er.

Goll macht sich auf der Abteilung breit.

Goll beschimpft uns, erklärt Tiff zum wievieltenmal, was ‹das Leben› sei.

«Und Sie brauchen Ihre Buddharuhe, Sie!»

Weil man ihm den Ausgang sperrt, sitzt Goll auf der Abteilung fest wie ein Ozeanriese auf einer Sandbank, mit seiner enormen Wasserverdrängung. Die verschüchterten Pensionäre drücken sich die Wände entlang, flüchten auf ihre Betten.

Goll belegt die Schwestern mit Beschlag.

Goll ist der Protégé des vierten oder fünften Herrn D., des Direktors, der an ihm etwas beweisen will.

Wenn Goll in verdunkeltem Zimmer sich ausruht, wagen sich die Pensionäre aus ihren Löchern hervor, schleichen zum Schwesternzimmer, setzen sich auf den Rand der Stühle, murren.

Die Schwestern heben ihre schönen Schultern.

Eine Eingabe an den vierten oder fünften Herrn D.!

Was für eine Glanzidee!

Aber wie?

Selbstverständlich kommt man auf den guten Gedanken, daß ich diese Eingabe verfassen soll.

Weil ich doch einer bin, der schreibt.

Man vermutet, daß der *directeur* deutsch versteht.

Ich bezweifle das. Ich will nämlich nicht. Die Gründe sind komplex, zum Teil offensichtlich: der Kampf um Tiff.
Dann wieder saufe ich Golls Sangria, obgleich Goll die Orangenschnitze ausschlürft, daß einem *eigentlich* die Lust vergehen müßte.
Goll hat sich angeblich den Fuß verstaucht, läßt sich salben, feuchte Kompressen auf den Knöchel legen, hinkt, braucht einen Stock.
Den Stock braucht er allerdings bloß, um sein betrunkenes Schwanken zu tarnen.
Ich habe auch Golls Hasch geraucht, ein einziges Mal, aus seiner Pfeife. Goll, geschminkt, die Backen aufgeblasen, stechende Augen, die dicht beieinanderstehen, die Hure Babylon – so bläst er mir, weil die Pfeife zuwenig zieht, den Rauch ein.
Mir wird übel.
Goll raucht weiter, erzählt seine Äthergeschichten, die ich längst auswendig weiß.
Einer der kleinen Idioten um den andern, die ihn mit Stoff versorgen, verschwindet auf der geschlossenen Abteilung.
Goll schimpft lauthals über die Ungerechtigkeit der Welt.
Eines Tages ist es auch für ihn soweit.
Die vier jungen, hübschen, kräftigen Pfleger umstehen ihn.
Widerstand ist sinnlos, so schlau ist Goll.
Lachend führen die vier den schimpfenden, schwappenden Riesen ab. Vier Engel in Sodom.
Die Abteilung atmet auf. Alle gehen auf dem Gang auf und ab, wie an einem autofreien Sonntag in der Stadt.

Die Anordnung kam von meiner Ärztin.
Der vierte oder fünfte Herr D. ist anderer Meinung. Am nächsten Morgen steht Goll triumphierend wieder da. Belegt Tiff mit Beschlag.
Tiff, hin und her gerissen (oder nicht einmal das?), ergeht sich mir gegenüber begeistert über Golls revolutionäre Gesinnung.
Ich nenne Goll den letzten Dreck.
Tiff läßt das Thema fallen, zieht eine Straßenkarte von Italien hervor.
Tiff will eine Reise machen, sobald er einen gefunden hat, der mitkommt.
Mit dem kaputten Moped oder per Autostopp.
Ich rate zu Autostopp.
In Olivenhainen übernachten, meint Tiff, sich von den Früchten der Felder ernähren, das kostet praktisch nichts. Vorher kann er einige seiner Bilder verkaufen, warum nicht. Ganze Strecken zu Fuß gehen, auch das muß sehr schön sein.
Tiff: «Was ich mitnehmen will:
meine Karte
meine Flöte
meine Bibel
und
eine Tonbandkassette, für den Fall, daß ich Gelegenheit habe, sie zu hören ...»
Tiff hat ein Ziel, ein kleines, gebirgiges Städtchen, Heimatort seines Vaters. Sein einziges Problem: die Abzweigung, kurz vor Rom, nicht zu verfehlen.
Letzten Sommer ist er mit dem Moped bis ins Fürstentum Liechtenstein gereist. Damals hatte er einen Kumpan.

Ich frage zuviel. Als wäre Tiff mein Patient.
Tiff: *«Au fond, c'était un con ...»*
Und nach einer Pause: «Weißt du, was ich wirklich möchte?»
Ich weiß es nicht.
Tiff, als wäre es das Selbstverständlichste von der Welt, und dennoch ganz unerreichbar:
«Aller en kayac
marcher par un champ de blé
abattre un arbre
tuer un agneau.»
Kanu fahren – durch ein Kornfeld gehen – einen Baum umlegen – ein Lamm töten.
Ich, lehrhaft: «Durch ein Kornfeld laufen könntest du ja schließlich einmal.»
Tiff sieht mich an, wie einen, der nichts begriffen hat. Wir malen uns aus, was geschehen würde, wenn wir die große Wellingtonia unten am See umhauen würden.
Dann pfeift Goll wieder nach Tiff.

18

7. September
Wenn ich allein in meinem Haus bin, höre ich Musik, Beethoven, Klavierkonzerte, das Violinkonzert.
Schwerhörige Musik für eine schwerhörige Zeit. Man kann drin ersaufen, sie hat etwas Vornehm-Vulgäres an sich, mit ihren gehämmerten Rhythmen, süffigen Melodien. Musik für kaputte Typen, Vorprogrammierte, wie ich.
Das Beethovensche Violinkonzert begleitete mich durch meine Pubertät wie ein Continuo.
Der Umgang mit Kunst bedeutet mir etwas.
Ich meine damit eine gewisse Selbstverständlichkeit gegenüber allem, was je Kunst genannt wurde, genannt wird, daß es einen auch wirklich etwas angeht, *und*: daß man selbst der Kunst nicht völlig gleichgültig ist.
Offensichtlich hemmt das Thioxanthen den Strom der Assoziationen.
Schreiben hin oder her, ich brauche das Zeug.
Die erste Dosis hemmt und beruhigt, die zweite hilft, die Schreibhemmung zu überwinden, usw. usf.
Ich rauche zuviel, trinke zuviel viel zu starken Kaffee.
Völlig wird einer die Illusion nicht los, durch geschickte Kombination antagonistischer Drogen von jeder nur die *erwünschte Wirkung* zu verspüren.
Ich glaube, die halbe Medizin lebt von dieser Illusion.
Tiffs Hände – von Tiffs Händen habe ich mit der Ärztin gesprochen.
Ich sagte: «Ich weiß nicht, wie viele Stunden ich auf die-

se Hände gestarrt habe. Es müssen Hunderte gewesen sein.»

Kurz bevor ich ging, begann Tiff wieder an seinen Händen zu saugen.

Kann sein, meine Heilung lag viel mehr in diesen Händen als in denen meiner Ärztin.

Das ist natürlich nur so eine Idee, ein Gedanke, wie er einem Patienten kommt.

Das sage ich ihr besser nicht.

Obgleich Alles-verstehen-alles-verzeihen schließlich ihr Metier ist, ihr Beruf.

War ich mit Tiff zusammen, so war ich die ganze Zeit bedingungslos da, *gegenwärtig,* wenn Sie verstehen, was ich ausdrücken will.

Bei meinem letzten Besuch in der Klinik war es nicht mehr so.

Tiff: «Woran denkst du?»

«An nichts –»

«Es ist, als wärst du gar nicht da …»

Ich denke an nichts, dennoch bin ich anderswo.

Ich sehe Tiff an. Ich mag ihn. Wir verstehen uns – *noch* verstehen wir uns.

Aber: daß dieser Junge während Wochen mein einziger Gefährte war …

Ich wollte keine Besuche, außer denen meiner Kinder, meiner Frau.

Bekam auch keine.

Nehme an, die meisten waren froh, mich nicht besuchen zu müssen. Einer sprach es offen aus.

Als mein Zustand labiler wurde, begannen die Besuche meiner Frau mich zu belasten. Sie riß mich auf ihre Seite, durch ihre bloße Gegenwart.

Tiff verschwand im Schattenreich. Ich lebte, für Stunden, in einer realen, dreidimensionalen Welt.
Meine kleinen Eigenaktivitäten, aus der Klinikzeit, kommen mir nachträglich lächerlich vor, bedeutungslos. Ich weiß allerdings, sie waren es nicht. Das Sieden der Eier zum Frühstück bedeutete *allen* etwas.
Abends warteten die Unermüdlichen darauf, daß ich in meiner roten Toga, Seife und Shampoo in der Hand, über den Korridor zum Badezimmer ging.
Ich meinerseits wartete auf den Bericht der Heimkehrer-vom-Zählen-der-Schwäne-im-kleinen-Hafen-der-nahen-Stadt, den Forschungsbericht.
Auch das *könnte* mir jetzt, hinterher, lächerlich vorkommen, bedeutungslos. Ich erkenne allerdings darin eine gewisse Poesie, die Poesie einfacher kleiner Akte, die das tägliche Leben ausmachen.
Nur Tiff – mit Tiff war nie etwas banal, alltäglich, bedeutungslos. Ist nie etwas banal, alltäglich, bedeutungslos, wird nie etwas banal, alltäglich, bedeutungslos sein. Weil er ein kranker Junge, junger Kranker ist –?
Hat die Krankheit seine Poesie hervorgeholt, aus einem Leben, das so grau und alltäglich wie nur möglich war – Lehrling einer Formgußfabrik, oder so was.
Man könnte es glauben.
Aber ich weiß nicht so recht.
Eins ist sicher: Die Krankheit reißt Schranken nieder, befreit etwas, das niemals banal, alltäglich, bedeutungslos ist: das Verstummen *und* die Gesten, kleine Akte als Angebot zu Verständnis, Liebe, Kommunikation.
Tiffs berüchtigte Verstimmungen, seine Ekelhaftigkeit.
Unsere Zeit ist an Gesten, Symbolen, Bedeutungen ausgetrocknet: Deshalb kommt sie uns unmenschlich vor.

19

Die depressiven Hausfrauen kommen, gehen.

Goll bleibt.

Der alte Gewerkschafter geht nach Hause.

Goll bleibt.

Der depressive Hausvater, der ständig Tiff beschimpft, ihm dennoch seine Fischrute leiht, sinkt von einer Schlafkur in die andere, fängt an, auf dem Korridor herumzutaumeln, bricht zusammen, stört das Bild der offenen, verschwindet in der geschlossenen Abteilung.

Goll bleibt.

Der junge Dan ist noch immer da. So schnell vollzieht sich der Wechsel in die Klinik für die Kinder der Reichen nicht.

An Opferszenen denkt niemand mehr.

Ein junges Mädchen kommt neu dazu, ein mageres, ephebisches Geschöpf, wild und aufgekratzt.

Ihre dunklen Augen allerdings sprechen eine andere Sprache.

Das Mädchen bringt die ganze Abteilung durcheinander.

Für mich ist sie eine Hoffnung. Weiß bloß nicht, auf was. Tiff gerät in einen großartigen, generösen Zustand, verschenkt seine Bilder, im Korridor, in der kalten, leeren Cafeteria, jedem, der eins will.

Die depressiven Hausfrauen verkriechen sich.

Golls Stereoanlage läuft auf vollen Touren.

Das Mädchen, selbstverständlich, schließt sich Goll an.

Denn: Goll hat eine Stereoanlage. Goll hat Alkohol. Goll hat Haschisch. Goll hat Geld.

Goll lädt das Mädchen zu einer Bootsfahrt ein. Die Bootsfahrt wächst sich zur Eskapade aus.
Um Mitternacht kehren die beiden zurück, verladen wie der Tod.
Das Mädchen verschwindet in der geschlossenen Abteilung. Goll bleibt.
Man kann sich denken, daß die Ärzte mit dem Mädchen noch etwas vorhaben, Goll jedoch aufgeben.
Man kann sich auch daran erinnern, daß Goll der Schützling des Direktors ist.
Auch ein Direktor, denke ich, muß seine Erfahrungen selber machen.
Goll ist mir, ganz plötzlich, egal.

Zwei, drei Tage später, morgens in der leeren, tristen, feucht aufgewischten Cafeteria, ist das Mädchen wieder da.
Sie hat sich Dan zum Freund und Opfer genommen. Er ist zerkratzt, und blaue Beulen hat er auch.
Sie küßt ihn, umarmt ihn, daß man weniger um seine Seele als um seine Rippen bangen muß.
In einer Ecke, beschmutzt und zerknittert, die Zeichnung, die Tiff ihr geschenkt hat.
Ich starre das Blatt an, will es aufheben, glattstreichen. Dann lasse ich es liegen.
Tiff hat seine schlimme Phase.
Ich wage ihn nicht anzusprechen, wenn er allein für sich dahockt, Löcher in die Luft starrt, in seine Inneren Welten zurückgesunken, von denen niemand weiß: Himmel oder Hölle, Leben oder Tod.

Die Ärztin, in ihrer grenzenlosen Einfalt, hat meiner

Frau geraten, mich eine Zeitlang nicht zu besuchen. Dabei hätte ich ihren unbeholfenen Trost jetzt nötiger gehabt als je.

Goll, nur Goll hält Hof im Neubau, mit den verschüchterten Weibern, lasziven Schwestern, den jungen Idioten, seinen Lieferanten – als sei nichts geschehen, könne nichts geschehen. Aber dann kommt Golls Tag.
Goll soll, nach drei, vier Jahren zum erstenmal, seinen kleinen Sohn besuchen, auch so ein direktoriales Experiment. Goll bereitet sich vor wie zu einem großen Auftritt. Den ganzen Sonnabend blau, auf die stille Tour, und so nervös, wie ihn noch keiner gesehen hat.
Am Sonntag, weiß er, muß er *clean* bleiben, um des Kindes willen.
In aller Herrgottsfrühe holt er den Kleinen ab, in der ärmlichen Wohnung, wo er mit seiner Mutter und deren neuem Freund haust. Goll zeigt dem Jungen *seinen*, Papis, Park, wohl wissend, was er tut.
Die äußerste Anstrengung seines Lebens, aber: Er schafft es. Schafft's bis abends, als er den Kleinen nach Hause bringt. Goll kommt vollkommen blau auf die Abteilung zurück, lärmt, weckt alles auf, erklärt jedem, der es hören will: daß er, ursprünglich Pazifist, gelernt habe, um eines Kindes willen zu töten.

Die Ärzte, gerührt, finden menschliche Züge in der verschütteten Seele Golls.
Ich, brutal: «Nichts als Alkoholiker-Sentimentalität.»
Darüber kann man stundenlang diskutieren.
Ob nicht sogar Säufer-Sentimentalität ein Zeichen von Seele sei.

Tiff, wieder heller, lächelnd, steht in seiner *Belle Indifférence* dabei.

In der Ergotherapie ist der Tierfänger, ein heruntergekommener Abenteurer aufgetaucht, in einem phantastischen Safari-Anzug, mit Kettchen und Schnüren behängt, an denen, von der Brille bis zum Notizblock, Kugelschreiber, Nastuch alles hängt, was er zur Hand haben will.
Er nennt die Ergotherapie den Kindergarten.
Ich grinse widerwillig.
Der Tierfänger hält sich an die drei, vier Anstaltshuren, an Goll und an mich.
Viel Ehre, für mich.
Mir erzählt er Anekdoten über Leute, die ich kennen muß. Er hat bloß die Namen vergessen.
Ich höre ihm trotzdem zu.

Der Tierfänger verschwindet. Man raunt.
Vermutlich hat er eine traurige Bilanz gezogen.
Oder: Es hatte niemand mehr Lust, sein Parasitendasein in der Privatklinik zu finanzieren.
Schlafmittel sind nicht sonderlich schwer zu bekommen *und* zu horten, in einem solchen Haus.

Harte Auseinandersetzungen mit der Ärztin, nicht mehr in meinem Zimmer, nunmehr in ihrem Büro, einem hohen, düsteren, kahlen Raum. Auf Tischen und Regalen Dutzende, vielleicht Hunderte von unerledigten Dossiers, Ärztemuster, Literatur.
Zwischen ihr und mir steht ihr Pult.
Völlig verrückt: Sie will mich behalten.

Macht absurde Vorschläge, wie ich mich nützlich machen, gar etwas verdienen, zum Unterhalt meiner Familie beitragen – und trotzdem in der Klinik bleiben könnte.
Ich sage nicht: «Sind Sie wahnsinnig geworden?»
Ich sage: «Ich verbitte mir diese Art undurchführbarer, utopischer Ratschläge, ein für allemal.»
Wir rauchen schweigend.
Ich lenke, ein bißchen, ein: «Wenn Sie», sage ich, «wüßten, was ich mir schon alles anhören mußte, seit Beginn meiner sogenannten Krankheit! Ich kann nicht mehr.»
Wir sprechen über Tiff.
Ich finde, man sollte endlich etwas für Tiff tun, und sie findet es auch.
Dann geschieht doch wieder nichts.

Ich langweile mich, ohne Tiff.
Tiff läßt sich von Goll zum tausendstenmal erklären, wie man eine Maschinenpistole in den Anschlag nimmt.
Meine segensreichen Medikamente bewirken, daß ich die Langeweile nicht mehr als simple Langeweile empfinde, sondern als eine fürchterliche, quälende, gleichgültige Leere.
Bilder, die wahllos bis zur Netzhaut dringen, leblos und grau. Ich kenne sie längst.

Ich langweile mich so sehr, daß ich die sogenannte Villa betrete, wo ich gar nichts verloren habe.
Die Ärztin möchte mich in dieser Villa haben, es scheint, für sie ist die Villa das ganze Glück.
Hier bewahren sie ruhige, zahlungsfähige Patienten auf; solange diese wollen, solange sie sich nicht energisch genug dagegen wehren.

Auch das ist eine Therapie.
Riesiges, kahles Treppenhaus, leer. Angeschlagen die Hausordnung, das Wochenmenü.
Leere grüne und gelbe Salons, Mief und Muff. Zimmerfluchten. In einem Raum der Tisch gedeckt, für Schneewittchen und die sieben Zwerge, die Servietten zu spitzen Hauben gefaltet, wie in einem mittelmäßigen Hotel.
Ich schleiche lautlos nach oben. Zimmerfluchten im ersten Stock. Zimmerfluchten im zweiten Stock.
An einer verschlossenen Tür eine Visitenkarte: Dr. D. H.
Kein Ton.
Hier also wohnt die Ärztin mit ihrem Kind.
Ich geräuschlos die Treppe hinunter. Aus den Korridoren und Schlünden des ersten Stocks taucht ein mehlweißes Wesen auf, ich stocke: ein Gespenst.
Das Gespenst, höflich: «Gehen Sie ruhig voran. Sie gehen schneller als ich ...»
Ich sause die Treppe hinunter. Hinter mir, unhörbar, aber spürbar, der Geist.

Nach Tagen spricht Tiff wieder mit mir. Folgt mir in mein grünes Aquarium, setzt sich auf den einzigen freien Stuhl. Ich klebe am Bettrand.
Unbehaglich, als sei das Zimmer zu klein, als kämen wir uns zu nahe, der Junge und ich.
Meine kleine Tochter hat ein Kränzchen geflochten, Walderdbeeren und Hungerblümchen. Die Blümchen sind am Verwelken, wir essen die Früchte. Sie sind säuerlich.
Tiff, das kleine Kunstwerk bewundernd. *«C'est gentil ...»*
Tiff, plötzlich: «Ich habe mit Goll gebrochen.»

Ich nicke. Spüre nicht einmal Triumph. Eher etwas wie Angst, weil Tiff nun wieder auf mich angewiesen ist und ich ihm nicht gewachsen bin.
Ich muß hier heraus, ich, lautlos schreiend: «Das ist ja unerträglich!»
Tiff sieht vor sich hin, sagt: «Ich bin wieder unsicher geworden, wegen Gott ...»
Was soll ich dazu sagen?
Ich kann ihm seinen Gott nicht verschaffen, auch nicht ersetzen, nicht einmal Goll.
Wir gehen wortlos zum See hinunter, auf die Mole hinaus, setzen uns auf den warmen Stein.
Tiff bittet um eine Zigarette.
Mit der Glut bringt er winzige rote Insekten, von denen es wimmelt, zum Platzen. Ich mache es ihm nach, habe es schon als Bub getan, mit Zündhölzern oder mit einem Brennglas.
Sinnlose Grausamkeit – aber vielleicht spüren die Winzigen nichts, keinen Schmerz.
Es macht Tiff keinen Spaß. Er handelt unter einem finsteren Zwang.
Tiff: «Ich hasse dieses winzige Viehzeug. Wozu ...?»
‹*Pourquoi*›, sagt er, ohne die Frage auszusprechen.
Hinter seiner bekümmerten Stirn haben die beiden seit Urzeiten um die Seele des Jungen gekämpft, der Gott und der Demiurg.

Alle langweilen sich.
Nach dem Abendessen stehlen Tiff und ich von den inzwischen gereiften Kirschen.
Es sagt uns nichts, ein Ritual, ein wenig Nostalgie ...
Goll hat sein Tätigkeitsfeld ausgeweitet. Goll hat ein

leerstehendes Zimmer zur Verfügung gestellt bekommen, damit er ungestört malen kann.
Tiff bewundert sein Geschmier, ich verachte es.
Wir sind noch immer nicht weiter gekommen, obgleich spürbar etwas zu Ende geht.

Mein Aquarium wird für einen akuten Fall gebraucht.
Goll packt sein Malzeug zusammen. Ich inspiziere übellaunig den Raum: Er stinkt nach Goll.
Das Zimmer wird gereinigt. Aus Angst vor dem Verwalter versucht man sogar, die Farbflecke von den Wänden wegzukriegen.
Zwei Flaschen Äther werden aus der Apotheke geholt. Die Farbflecken sind nachher noch immer da, aber Goll nicht mehr: laut schnarchend liegt er auf seinem Bett und hat Visionen, zuckt und schnauft wie ein träumender Hund.
Ich ziehe in das ätherstinkende Zimmer um. Es ist ein wenig kleiner als das Aquarium, die Scheibe zum Nachtwachezimmer hin fehlt.

Ins Aquarium kommt, direkt aus dem Gefängnis, ein junger Fixer und Dealer zur Dämmerkur. Die Kur funktioniert nicht, der Junge kotzt, geistert auf der Abteilung umher, frißt, wie sonst nur Goll gefressen hat, allen wird übel dabei. Am dritten Tag ist er bereits so wach, daß er sich Tiffs Kleider ausborgt. Tiff steht dabei, in seiner *Belle Indifférence.* Goll gibt sich geschäftig.
Ich? Nicht mein Problem.
Der Junge haut ab, halbangezogen, die Schwestern, die rasch alarmierten Pfleger hinterher. Die Medikamente tun trotz allem ihre Wirkung bei ihm. Er kommt nicht weit.

Schlägt immerhin, mit einer Stahlrute, die er im Laufen aufgelesen hat, zwei jungen, etwas übereifrigen Pflegern die Köpfe blutig.
Der Junge kommt auf die D. Ein direktoriales Experiment.
Für diesen jungen Idioten hätte ich mein Aquarium nicht zu verlassen brauchen.
Am Türrahmen meines Zimmers steht: *Restless tiger in a dark hollow.* Der Spruch kommt mir bekannt vor, muß von mir sein, die Schrift ebenfalls.
Ich bin in mein ursprüngliches Zimmer zurückgekehrt.
Die Ärztin hastet vorbei. Ich vertrete ihr den Weg: «Ich gehe.»
Sie, ausweichend: «Darüber sprechen wir noch.»
Diesmal täuscht sie sich. Mein Entschluß steht fest. Die Zeit teleskopiert sich.
«In zwei Wochen vielleicht.»
«In einer Woche.»
«Nächsten Samstag.»
Definitiv.
Sie widerspricht, es sei zu früh. Wenn ich unbedingt aus der Klinik austreten wolle, dann gegen ihren ärztlichen Rat.
Ich lache.
Den *directeur* läßt sie aus dem Spiel. Der *directeur* ist beschäftigt mit den Vorbereitungen zum 125. Jubiläum der Anstalt.
«Wenn Sie unbedingt wollen …»
Ja, ich will.
«Und Tiff?» sagt sie. «Niemand kann wissen, was mit dem Jungen geschieht, wenn Sie jetzt gehen!»
«Vielleicht», sage ich, langsam, jedes Wort betonend,

«vielleicht habe ich ihn eben gebraucht.»
«Sie haben ihn an sich gebunden!»
«Ich bin nicht sein Arzt.»
Schwere Wolken hängen über dem bleigrauen See. Man kann den Pastor, hoch oben in Lappland, verstehen, der zum Ärger des Naturforschers Linné behauptete, die Wolken seien fahrende Felsblöcke – man höre es, wenn sie aufeinanderkrachten.

Tiff versucht tapfer, sich von mir fernzuhalten. Wie ein Hündchen folgt er mir auf Schritt und Tritt.
Ich bin vernünftig geworden, ganz väterlicher Freund.
«Du *mußt* hier heraus, Tiff.»
Er schweigt.
Nach einer Weile wieder ich, eindringlich: «Erinnerst du dich», sage ich, «erinnerst du dich, als wir I Ging spielten? Du legtest das Zeichen *Lü*: der Wanderer.»
Le pèlerin, sage ich.
«Diese Häuser», heißt es in Herrn Richard Wilhelms Chinesisch-Deutsch, das so ungemein schwer ins Französische zu übertragen ist, «diese Häuser müssen etwas sein, das die Leute nur vorübergehend, wie Gäste, aufnimmt. Sie dürfen nicht zu Wohnräumen der Menschen werden.»
«Diese Häuser», sage ich. Im Text steht zwar «diese Gefängnisse» – aber sind *diese Häuser* nicht so etwas wie Gefängnisse, vermehrt und erschwert durch die ungeheuerliche Versuchung der Freiwilligkeit ... Freiwillig tritt man, im allgemeinen, ein; freiwillig, im allgemeinen, bleibt man; freiwillig tritt man, im allgemeinen, aus.
Das Austreten aber ist das schwerste von allem.

Ich, wieder eindringlich: «Du mußt! Das ist kein Leben hier!»
‹Kein Leben für dich!› Wörtlich, wie Goll.
Tiff sieht mich an: gequält, erstaunt, enttäuscht? Oder ist es bloß wieder das, was die Ärzte *Belle Indifférence* nennen?
Oder totale Verständnislosigkeit?
«Du kannst es jetzt nicht wollen ...»
Eingelernte Sätze, ursprünglich mal sogar wohlüberlegt.
«Aber: du mußt lernen, es zu wollen; dann kannst du es auch.»
Tiff leise: «Man hat es hier gut – *zu* gut vielleicht ...»
Ich nicke, eine Spur zu sehr bejahend.
Natürlich hat der Junge sich an die permanente Betreuung, an die Verantwortungslosigkeit, das Verwöhntwerden gewöhnt.
Dabei, das weiß ich von ihm selbst, hat er jedesmal eine helle Panik, wenn er seine schwarzen Tage hat, vor der geschlossenen Abteilung.
Diese Angst ist lächerlich, meiner Meinung nach.
Ihm wird kein Haar gekrümmt.
Solange ich da bin.
Was aber, wenn ich einmal nicht mehr pausenlos für ihn rede –? Ich bin nicht unersetzlich, darf es nicht sein.
Zu meiner Ärztin habe ich gesagt: «Ich bin nicht sein Arzt.»
Wußte so gut, wie sie es verstand, daß ich damit das sagen wollte, was am Anfang der Geschichte der Menschen steht: Soll ich meines Bruders Hüter sein?

Tiff ist nicht mein Bruder. Tiff *war* so etwas wie mein Sohn. Wenn die Söhne sich von den Vätern nicht zu

lösen vermögen, müssen die Väter gehn.
Tiff, weiß ich ja auch, hat seinen Vater kaum gekannt. Seine Mutter rackert sich ab, um ihm den Aufenthalt in dieser verhältnismäßig humanen, verhältnismäßig privaten Klitsche zu bezahlen.
«Du mußt hier heraus.»
Und, bohrend: «Diese Häuser *dürfen* nicht zur Wohnung werden!»
Tiff sieht ins Leere.
Wozu haben wir nun I Ging gespielt?
Wir hätten ebensogut jassen können.

Tiff läuft weg. In die Ergotherapie hinunter. Bastelt fluchend und schimpfend an seinem verdammten historischen Segelschiff herum. Ich schleiche ihm nach, setze mich an mein Tischchen, werkle irgend etwas.
Dieselben Gesichter, dieselben Basteleien, dieselben miserabel geknüpften Teppiche, dasselbe Emailzeug, dieselben unbeholfenen Töpfereien.
Einer der beiden langjährig chronischen Maler ist gestorben. Sein Platz ist wieder besetzt.
Im Hintergrund dieselbe seichte Musik.

Ich kann für Tiff nichts mehr tun.
Kann ihm, schlimmer, nichts sein.
Ich habe keine Tränen zur Verfügung.

Was hilft mir die Geschichte von David und Saul?
Was helfen überhaupt die schönen alten Geschichten meinem leeren, chemisch veränderten, depressiven Gehirn, auf dieser verhältnismäßig komfortablen, offenen Abteilung einer mehr oder weniger privaten Nervenklinik?

Ich denke:
«Effektiv ist es *doch* ein Irrenhaus, und ich gehöre schon ganz genau hierher.
Aber: Ich gehöre zu denen, die gehen, bevor sie ewig hier bleiben.»
Und: «Tiff muß hier ebenfalls raus!»
Niemand ist über meinen verfrühten Klinikaustritt glücklich, ich selbst, vermutlich, am allerwenigsten. In meinem Herzen nenne ich es: eine Flucht.
Wovor? Wohin?
Weiß nur eines: Ich muß hier raus!
Solange ich noch kann.
Regen hängt über dem Land wie ein enggewobenes, undurchdringliches, nasses, graues Tuch. Es tropft die Zeder, *und* die Wellingtonia.
Alles tropft.
Ich friere.
Daß ein Mensch, in unsern Breiten, Ende Juni, dermaßen frieren kann!
Friere innerlich, die Medikamente, mit ihrer unterkühlenden Wirkung, tragen das Ihre dazu bei.

Zwinge mich, Abschied zu nehmen, von allem, auch von der Wellingtonia, vom See.
Sage: «Ich komme wieder.»
Und weiß, daß es nicht stimmt.
Ich hasse Abschiede, habe sie immer gehaßt.
Die Ärztin: «Ich entlasse Sie in einen befristet-unbefristeten Urlaub ...»
Feierlich, wie bei einer Kommunion.
Vermutlich glaubt sie sogar daran. Sie wird umlernen müssen. Davon bin ich überzeugt.

Ich, übertrieben höflich: «Ich werde wiederkommen. Ich komme gern.»
Sage ich auch zu Tiff. Erkläre ihm, daß die Alte mich bloß in einen Urlaub auf Zeit entlassen hat.
Tiff nickt, schweigt, sieht mich nicht an.

Man sagt *hier* keinem: Auf Wiedersehn!
Man wünscht Glück und gute Genesung, glaubt nicht daran. Weiß, daß die meisten wiederkommen. Braucht es ihnen nicht einmal anzuwünschen.
Ich weiß nur noch eins: Ich muß hier weg – muß hier weg – muß hier weg!

Freitag: Tiff und ich spielen normalen Anstaltstag. Der Abschied liegt, gewissermaßen, hinter uns.
Samstagmittag: Mein ältester Sohn holt mich mit dem Wagen ab. Schwestern und Patienten sitzen in der Küche, auch Tiff. Ich muß mit meinem Kram durch die Küche, es ist der kürzeste Weg.
Alles im Auto verpackt, ich kehre noch einmal zurück, drücke reihum einem nach dem andern die Hand. Die kleine Nonne gibt mir einen trockenen Kuß.
Nun wünsche ich allen alles Gute.
Als letzter Tiff.
Ich murmle etwas, *bon courage*, oder so.
Zögere: eine Sekunde lang bin ich bereit, alles wieder auszuladen, hierzubleiben, *ewig*.
Wende mich zum Gehen, drehe mich noch einmal um.
Tiffs Blick trifft mich. Tiffs Blick sagt: «Du kannst es lange versprechen. Du kehrst nicht zurück.»
Der Blick erzählt, in einer einzigen Sekunde, die ganze Geschichte eines vaterlosen Jungen, der einen Augen-

blick lang glücklich und hoffnungsvoll war.
Ich steige, *garçon bien élevé,* der ich lebenslänglich zu sein verdammt bin, ein wohlerzogener Knabe, ein in das kleine Automobil, zu meinem Sohn.
Weil man so etwas von mir erwartet, weil es so abgemacht ist.

20

16. September
Ich habe meine Ärztin wieder gesehen. Ließ mir von ihr sagen, ich sei noch immer depressiv. Es wäre gut, ich käme zurück, und sei es für ganz kurze Zeit.
Widerspreche nicht, weiß jedoch: ich komme nie mehr zurück. Ich kann nicht.
Alles ist mir fremd geworden, sehr fremd.
Daß ich mit der Ärztin Kämpfe ausgefochten habe, um Tiff, um mich selbst, um Goll.
Lasse mich aufheitern von ihr. Sie schafft es eigentlich jedesmal.
Aber mein Alltag ist wieder *mein* Alltag. Im Grunde begreift sie von meinen Problemen nichts. Wir leben in verschiedenen Welten, meine Ärztin und ich, jetzt erst recht.
Wenn ich Goll sehe, aufgedunsen, gerötet, von Ätherdämpfen und Alkohol, bramarbasierend, seine Ätherhalluzinationen preisgebend, zum wievieltenmal erklärend, wie man korrekt eine MP-Garbe landet, wie er, ursprünglich Pazifist, gelernt habe, um eines Kindes willen zu töten, verstehe ich nicht mehr, daß derselbe Goll mich einmal ernstlich in Wut zu versetzen vermochte, mit dem gleichen Unsinn, der mich jetzt höchstens lachen macht.
Ella ist ausgetreten, das Mädchen mit den wallenden Gewändern, das zur Gitarre ein Lied von Joan Baez zu singen versuchte und dem es nie gelang.
Die einen depressiven Hausfrauen sind durch andere

Hausfrauen ersetzt worden, die nicht weniger depressiv sind.
Die Rosen blühen noch, die Zeder steht noch immer da, mit ihrem vorwiegend horizontalen Geäst, vor dem strahlenden schwarzen Himmel, im Herbst.
Tiff sitzt im Gras, ein blaßrotes Band im Haar, kaut an einem Grashalm, spielt einsam I Ging.
Ich glaube, wir mögen uns noch. Er freut sich jedesmal, wenn ich komme; ist jedesmal enttäuscht, weil ich nicht zurückkehre. Ich glaube, wir verstehen uns auch noch, wie eh und je, oder fast.
Daß er einige Wochen lang mein einziger Gefährte war; doch: das verstehe ich noch.
Ich spüre, es ist etwas Sanftes, Gewaltiges mit mir geschehen. Aber ich weiß nicht was.

Epilog

Wenn ich mich nach Monaten an die Zeit in P. zurückerinnerte, kam mir vor, ich hätte dort lernen können, was Hesses Siddharta bei den Samanas gelernt hat: denken, fasten, warten.
Ich habe es nicht gelernt.
Fasten, vielleicht. Das Denken verachtete ich.
Es war eine Zeit für Wahrnehmungen und Einsichten.
Warten kann ich nicht, konnte es nie.
Ich bin ein ungeduldiger Mensch.
Möglicherweise bin ich deshalb krank geworden.
Außerdem, denke ich, bin ich weder Siddharta noch ein Samana. Ich bin zurückgekehrt, in meine Welt. Ich will mein normales, arbeitstätiges Leben, wie ich es begonnen habe, zu Ende führen.
Ich bin nicht rückfällig geworden, bislang. Ich habe nicht die leiseste Versuchung verspürt.
Tiff ist ausgetreten aus der Klinik und nicht wieder eingetreten, bisher. Ich habe ihn nie mehr gesehen.
Um der Gerechtigkeit willen muß es gesagt werden: Auch Goll ist ausgetreten, auch er nicht zurückgekehrt.
Inzwischen ist es schon Jahre her.
Meine Ärztin besuche ich noch, einigermaßen regelmäßig. Manchmal versucht sie, mich zu einem Wiedereintritt zu verlocken, mit immer stärkeren Mitteln, jetzt, wo sie Tiff als Geisel nicht mehr hat.
Wir plaudern über dies und das.
Ich erinnere mich nicht, *aber:* ich vergesse auch nicht.

Wir sollen nicht wie Schlafende handeln und reden. Doch auch die schlafen, wirken und wirken mit, bei dem, was in der Welt geschieht.

HERAKLIT

Anhang

EDITORISCHE NOTIZ

«Ich schreibe also wieder.» Als Walter Vogt am 13. Juli 1974 diesen Satz niederschrieb, hatte er Jahre verschiedenartigen und sich steigernden Drogenkonsums, Monate schwerer gesundheitlicher Gefährdung und zuletzt mehrere Wochen der Entwöhnung hinter sich. Er selbst spricht – im Zusammenhang mit seiner zeichnerischen Produktion, die im Buch «Dröx» (Kurt Salchli Verlag, Bern 1987) dokumentiert ist – von drei Phasen: «Mit zweiundvierzig verfiel ich den psychedelischen Drogen, zwei Jahre später stieg ich um auf Speed (Amphetamine, Weckamine), nach einem weiteren Jahr immer mehr auf Opiate, Opiumtinktur, Morphium in allen möglichen Formen und Abwandlungen ...» Die dritte Phase, begleitet von vielerlei spontanen, oft vegetativ anmutenden Strichel- und Kritzelzeichnungen und von der Herstellung großer, mit Dispersionsfarbe beschmierter Tonfiguren («poids lourds»), war die der Entziehungskur, vom 22. April bis 29. Juni 1974, die dann der mittlerweile 47jährige so eindrücklich und klarsichtig in «Vergessen und Erinnern» verarbeitet und gestaltet hat. – Mehr über Walter Vogts Begegnung und Umgang mit Drogen berichtet Dr. phil. II, Dr. h. c. mult. Albert Hofmann in seinem Nachwort zu diesem Buch. Der Chemiker Hofmann hat u. a. 1938 erstmals LSD hergestellt und 1943 die psychedelische Wirkung der Substanz beobachtet.

Wie und unter welchen Umständen ist Walter Vogt in

die Klinik Préfargier bei Marin am Neuenburgersee (die nicht auf die Behandlung Suchtkranker spezialisiert ist) gelangt? Es ging für Vogt damals ums pure Über- und Weiterleben; nächtliche Atemstillstände als Folge des Drogenkonsums hatten ein lebensbedrohliches Ausmaß angenommen und den Psychiater-Schriftsteller-Suchtkranken schließlich zur Einsicht gebracht, daß nur ein rigoroser Entzug ihn (und die auf andere Weise mitgefährdete Familie) retten könne.

Verschiedene Kliniken wurden von ihm ins Auge gefaßt. Den Ausschlag für Préfargier gab einerseits wohl die Tatsache, daß er den Park und die Gebäulichkeiten von ferne schon etwas kannte, Ausflüge, ausgehend von seinem Refugium in Guévaux am Murtensee, hatten ihn vorher schon des öftern in die Gegend geführt. Mitgespielt mag anderseits haben, daß vor ihm schon andere Autoren (u. a. der Dichter Conrad Ferdinand Meyer im 19. Jahrhundert) in Préfargier Zuflucht gesucht hatten, und vielleicht mehr noch, daß der Ort Friedrich Dürrenmatt als Vorlage für die Anstalt in der Komödie «Die Physiker» gedient hat. In Dürrenmatts Regieanmerkung heißt es hierzu: «Ort: Salon einer bequemen, wenn auch etwas verlotterten Villa des privaten Sanatoriums ‹Les Cerisiers› (...) Dazu beruhigt überflüssigerweise auch noch die Landschaft die Nerven, jedenfalls sind blaue Gebirgszüge, human bewaldete Hügel und ein beträchtlicher See vorhanden sowie eine weite, abends rauchende Ebene in unmittelbarer Nähe (...).» Vogt, von jeher empfänglich für die Wirkung von Bäumen, Pärken, Vögeln, Landschaften, sollte sich hier, jedenfalls was den Naturrahmen betrifft, gut aufgehoben fühlen.

Wie sehr dieses Aufgehobensein dann eine Rolle spielte – eine widersprüchliche Rolle, nämlich im Sinne des Sichfallenlassens wie auch als Boden eines erwachenden Widerstandes und eines Kräftemessens –, das bezeugen Vogts Aufzeichnungen nach dem Klinikaufenthalt ja deutlich; personifiziert wird es zur Hauptsache durch die Ärztin, mit der er als Patient (und als wissender, beobachtender Psychiater!) zu tun hatte. Diese Ärztin hat, mehr noch als der neunzehnjährige Mitpatient Tiff, Vogt damals und später stark beschäftigt. Über sie und sein Verhältnis zu ihr schreibt er in «Dröx»: «Sie ist für mich wichtig, entscheidend geblieben, als sie an einem raschwachsenden Krebs erkrankte, versuchte ich ihr wenigstens ein bißchen etwas von dem zu sein, was sie einmal mir gewesen war, sie kommt von 1977 bis 1985 in fünf meiner Bücher vor, von ‹Schizogorsk› bis ‹Maskenzwang›, immer ernster, realer, im letzten Titel dann als Phantasie, Projektion, als Alter ego, als literarische, erfundene Identität, da war sie schon tot.»

Das Buch «Vergessen und Erinnern» stieß bei seinem ersten Erscheinen Anfang 1980 bei der Kritik – in Radio und Presse – sofort auf größte Aufmerksamkeit. Praktisch einhellig wurde nicht nur die Bedeutung des Inhalts, sondern ebenso die Qualität der literarischen Form erkannt und anerkannt. Eine Ausnahme bildete eigentlich nur der Rezensent der *Frankfurter Allgemeinen Zeitung* («Als Roman ist das neue Buch von Walter Vogt enttäuschend. Es macht eher das Vergessen wahr als das Erinnern, es befleißigt sich einer seltenen Wortkargheit ...»), und das *Heidelberger Tageblatt* bescheinigt Vogts Prosa sogar «Magersucht». Aber sonst: Beifall rundum für die Erlebens-, Sicht- und Gestaltungsweise. Einige Beispiele in Auszügen:

Südfunk 2: «Seinen eigenen Reiz gewinnt das Buch daraus, daß der Autor hier zum einen Patient ist, über den verfügt und bestimmt wird, zum andern aber auch selbst Fachmann, der die Maßnahmen der Mediziner kritisch beurteilen kann, und daß er zum dritten als Schriftsteller diese schwierige Doppelrolle zu schildern und zu analysieren weiß (...)» – «... bei aller Authentizität ein genau kalkulierter literarischer Text.»

Deutsche Welle «Bücherkiste»: «Hinter jedem der sehr knappen, gemeißelten, prägnanten Sätze steht die ungeheure Wucht eigener Erfahrung, Leidenserfahrung, und diese Wucht wird kaum gemildert durch den souveränen Sarkasmus und die oft bissige Kritik, mit denen Walter Vogt seine klinische Umwelt beschreibt.»

Radio DRS: «‹Vergessen und Erinnern› ist, obschon sein Schauplatz größtenteils ein Irrenhaus ist, kein verrücktes Buch. Aber es hinterläßt deswegen nicht weniger Beklemmung. Um die Vernünftigkeit der Irren und die Krankheit der Normalen bloßzulegen, braucht Walter Vogt hier nicht einmal mehr eine verrückte Geschichte. Es genügt ihm die Aufzeichnung seiner eigenen.»

Neue Zürcher Zeitung: «Aber der Patient ist zugleich selbst Arzt, Psychiater und außerdem Schriftsteller. Diese Konstellation macht die Besonderheit von Walter Vogts ‹Krankengeschichte› aus – und ihren Rang. Denn beides, die Präzision der Beobachtung und Analyse wie die literarische Formgebung, zeugt von professionellem Können.»

Bund: «Es (das Buch) ist nicht Privatsache, weil Vogt auch in dieser ihn ganz persönlich berührenden Angele-

genheit eben Schriftsteller bleibt und somit, schreibend, seinen kritischen Kunstverstand einsetzt, um ein Werk hervorzubringen, das seine Formgesetze hat, über stilistische Prägnanz und sprachliche Suggestivkraft, über Mitteilbarkeit also, verfügt, so daß das Persönliche durchaus ins künstlerisch Verbindliche mündet.»
Vaterland / Die Ostschweiz: «Seine Erfahrungen werden mit genauem Blick in Sprache geholt, wirken unausweichlich glaubwürdig und lösen wohl deshalb beim Leser große Betroffenheit aus. Dann aber spricht aus Vogts Tagebuchroman eine differenzierte, letztlich ambivalente Haltung gegenüber der Drogenerfahrung, die das geläufige Schema Sucht-Kur-Heilung als eindimensional eng aufdeckt und sprengt.»
Stuttgarter Zeitung: «Einen sachkundigeren und erfahreneren Berichterstatter, der zu reden weiß von den dunklen Schluchten und den Graten der Sucht, kann man sich schwerlich denken. Einen kundigeren Führer über die einsamen, schreckensstillen, kräftefressenden Wege, heraus aus der wüstentrockenen und erstickend üppigen Todeszone der Drogenabhängigkeit (...) kann man sich schwerlich wünschen.»
Schweizer Monatshefte: «‹Vergessen und Erinnern› ist kein sensationelles und kein phantastisches, aber ein zurückhaltendes, ja leises Buch, und die Icherzählung, sie mag sich noch so unverfremdet direkt geben, enthüllt im Grunde weniger als viele fiktive Romane (...) Das Buch liest sich zwar ausgesprochen leicht, fast unterhaltend: aber auch die Einfachheit und Leichtigkeit, sie mag dem Leser noch so sehr entgegenkommen, täuscht: der Aufbau ist komplizierter, vor allem die Perspektive verwirrender, als es den Anschein hat.»

Süddeutsche Zeitung: «Das Besondere des Buches ist seine Atmosphäre, eine wirklich-unwirkliche, leichte, ironisch-heitere. Man sollte sich gleich zwei Exemplare kaufen, um eines zu lesen und zu behalten und das andere demnächst einem Freund zu schenken.»

Die «Zeit ohne Raum» (dies eine Formulierung, die vom Autor an Stelle von «Vergessen und Erinnern» gelegentlich als Titel in Erwägung gezogen worden ist), die Vogt in Préfargier verbracht hat, endet mit der Heilung von der Drogensucht und einer Besserung des allgemeinen Gesundheitszustandes. Nicht geändert haben sich damit Vogts persönliche Lebensumstände, Lebensnöte; er selbst spricht bereits von ihnen in dem im Buch zitierten, aber nicht abgeschickten Brief an seine Ärztin, und er wird sie in den folgenden Büchern nach und nach noch deutlicher thematisieren. Für Vogt galt wohl, was sein Fachkollege Leo Navratil (übrigens der Rezensent der *Süddeutschen Zeitung*) von ihm in «Dröx» sagt: «Walter Vogt war immer ein kranker Mensch, der seine Krankheit mit einer gewissen Leichtigkeit trug, ein Mensch mit einem traurigen Humor und einer gewissen Häuslichkeit in der Niederlage.»

Charles Cornu

NACHWORT

Das Buch «Vergessen und Erinnern» hat mit Krankheit zu tun, und zwar mit Krankheit des Autors. Es ist ein autobiographischer Erlebnisbericht. Seine Besonderheit, was Inhalt und Form der Darstellung betrifft, wird verständlich, wenn man weiß, daß Schreiben für Walter Vogt gleichzeitig ein Ausdruck von Krankheit und ein Mittel der Therapie war. Das hat er in seinem Werk «Schreiben als Krankheit und als Therapie» ausführlich dargelegt. Ein Zusammenhang zwischen Krankheit und Autorschaft wird besonders dann zu einem Spezialfall, wenn der Autor Arzt, gar Psychiater ist, wie das bei Dr. med. Walter Vogt der Fall war.
Arzt, Autor und Patient in einer Person, da ist eine besondere Art von literarischer Produktion zu erwarten, und auch die Persönlichkeit des Autors muß ganz besondere Charakterzüge aufweisen. Solche haben mich denn schon bei der ersten Begegnung mit Walter Vogt beeindruckt.
Sie fand im Spätherbst 1970 statt und war kein Gespräch über Literatur, sondern eine berufliche Zusammenkunft, eine Diskussion zwischen Arzt, Psychiater einerseits und Chemiker andererseits über ein Drogenproblem. Dr. Vogt besuchte mich, um über ein psychiatrisches Forschungsprojekt zu sprechen, für dessen chemische Seite er von mir Rat erhoffte. Er plante, Untersuchungen über die medizinischen Anwendungsmöglichkeiten von LSD und Psilocybin, zwei Psychopharmaka, die ich in den pharmazeutischen Forschungs-

laboratorien der Sandoz AG entwickelt hatte, im Rahmen des psychiatrischen Studiengangs an der Universität Bern durchzuführen. Nun war aber die Anwendung dieser beiden halluzinogenen Wirkstoffe in der psychiatrischen Praxis seit Mitte der sechziger Jahre international verboten. Dr. Vogt hoffte, daß Untersuchungen an der Universität, im Rahmen eines Forschungsprogramms, legal möglich sein könnten. Das Projekt scheiterte jedoch, weil die Gesundheitsbehörde keine Ausnahmebewilligung erteilte.
Bei jener ersten Begegnung berichtete mir Dr. Vogt, daß er aus fachlichem Interesse und wissenschaftlicher Neugier Selbstversuche mit LSD und Psilocybin durchgeführt habe. Diese beiden als Psychopharmaka entwickelten halluzinogenen Wirkstoffe waren in den fünfziger und Anfang der sechziger Jahre weltweit in der Psychiatrie und in der Hirnforschung untersucht worden. Ihre tiefgreifenden, bewußtseinsverändernden psychischen Wirkungen wurden in der Psychotherapie und Psychoanalyse als Hilfsmittel zur beschleunigten Bewußtmachung verdrängter oder vergessener Erlebnisinhalte und zur Überwindung blockierter Arzt-Patienten-Beziehungen eingesetzt. Die Halluzinogene oder, wie diese Stoffe heute meistens genannt werden, die Psychedelika fanden aber auch Eingang in die Drogenszene, vor allem in den USA, und bildeten dort Mitte der sechziger Jahre das Drogenproblem Nummer eins. Die zahlreichen Zwischenfälle, psychotischen Zusammenbrüche und kriminellen Akte, die sich infolge unvorsichtiger, leichtsinniger, der psychischen Tiefenwirkung dieser Stoffe keinerlei Rechnung tragender Massenanwendung in der Drogenszene ereigneten, hatten das totale Verbot der

Psychedelika zur Folge, das, wie gesagt, auch ihre Anwendung in der Medizin einschloß.
Illegal wurde und wird auch heute weiter mit diesen faszinierenden, bei unvorsichtigem Gebrauch sehr gefährlichen Wirkstoffen experimentiert. Psychedelika werden seit Jahrtausenden in alten Stammeskulturen, so bei gewissen Indianerstämmen Mittelamerikas, als sakrale Drogen verwendet, doch bilden sie dort kein gesundheitliches oder soziales Problem, weil ihr Gebrauch in den Händen des Heilpriesters, des Schamanen, liegt und in einen religiös-zeremoniellen Rahmen eingebaut ist.
Wissenschaftliche Neugier und fachwissenschaftliches Interesse hatten, wie erwähnt, den Arzt Walter Vogt gemäß seiner Aussage veranlaßt, mit Psychedelika zu experimentieren. Später gestand er mir jedoch, daß dies nicht die einzigen Gründe waren für seine Versuche mit LSD und Psilocybin. Ein weiterer Grund war die Hoffnung, im LSD-Rausch Erlebnisse wiederholen zu können, die er im Alter von 19, 20 Jahren hatte. Ein solches visionäres Erlebnis hatte er noch einmal, 34jährig, diesmal im Anschluß oder als Folge einer schweren, entzündlichen Erkrankung. Jene visionären Erlebnisse waren – um seine eigenen Worte zu gebrauchen – «sehr schön, alles leuchtend, alles wie nie gesehen, wie am ersten Schöpfungstag». Nach dem zweiten Rauscherlebnis, also im Alter von 34 Jahren, begann er zu schreiben.
In unseren Gesprächen und in unserer Korrespondenz während seiner psychedelischen Phase in den Jahren 1970 und 1971 diskutierten wir unter anderem viel über die Möglichkeit, dieses visionäre Erleben chemisch zu provozieren, und über die Unterschiede zwischen

spontanem und chemisch-pharmakologisch provoziertem Erleben.
Seine psychedelischen Experimente und Erfahrungen wurden für ihn und seine literarische Produktion bedeutungsvoll. So schrieb er mir damals: «Ich vermute, daß Ihre Entdeckung (gemeint ist LSD) in meinem Werk ... einen Hiatus bewirkt – und zwar wird das, was ich schreibe, eher realistischer oder zumindest weniger expressiv. Den coolen Realismus meines tv-Stückes ‹Spiele der Macht› hätte ich jedenfalls ohne nicht hingebracht.»
Wichtige Themen unserer damaligen Drogen-Korrespondenz waren auch die zwei folgenden Punkte:
Die Abgrenzung des Wirkungscharakters von LSD gegenüber demjenigen anderer Drogen, vor allem dem der eigentlichen Rauschgifte. LSD macht nicht süchtig, und es ist, verglichen mit seiner extrem hohen psychischen Wirksamkeit, für den Körper kaum giftig. Die Gefahren, die mit seinem Gebrauch verbunden sind, sind psychischer Art. Sie bestehen darin, daß das zutiefst veränderte Erleben von Ich und Umwelt zu schockartig wirkt und nicht integriert und verarbeitet wird, was dann zu psychoseartigen Störungen und Fehlhandlungen führen kann. Demgegenüber sind die Rauschdrogen vom Typus der Opiate, Heroin, und der Stimulantien, Kokain, Amphetamin, gefährlich, weil sie schnell Sucht erzeugen und weil sie bei chronischem Gebrauch körperliche und psychische Schäden zur Folge haben. Ferner beschäftigte uns die Erkenntnis, daß LSD mit den mexikanischen Zauberdrogen, mit dem Meskalin-Kaktus Peyotl, dem magischen Pilz Teonanacatl und mit der Zauberwinde Ololiuqui chemisch und in den psychischen Wirkungen sehr nah verwandt ist.

Bei unseren Diskussionen über LSD und die verwandten Psychedelika versuchten wir die schwer in Worte zu fassenden psychischen, bewußtseinsverändernden Wirkungen dieser Stoffe näher zu charakterisieren. Das Bedeutungsvollste ist wohl ihre Fähigkeit, die Subjekt-Objekt-Spaltung, das heißt, das gegenständliche, rein rationale Erleben der Umwelt, aufzuheben, so daß sich das Ich eins mit der Schöpfung fühlt, was zum beglückenden ekstatisch-visionären Erleben führen kann. Eine wichtige Komponente im Wirkungsablauf des LSD-Rausches hat Dr. Vogt als Phase des erhöhten Symbolverständnisses erkannt und bezeichnet. Er hatte den Mut, diesen mystisch-religiösen Charakterzug im LSD-Erleben 1972 von der Kanzel aus, in seiner Laienpredigt «Mein Sinai-Trip» in Vaduz, öffentlich zu bezeugen. Er sagte und schrieb mir damals in diesem Zusammenhang, es gebe keine nicht-ekstatische religiöse Erfahrung. Er stellte den ekstatischen psychedelischen Rausch den drei erlaubten, gesellschaftlich akzeptierten Bewußtseinszuständen gegenüber: dem Wachzustand pausenloser Arbeit und Pflichterfüllung, dem alkoholischen Rausch und dem Schlafzustand.
Ich verdanke der psychiatrisch-literarisch bedingten Forscherneugier des Dr. Walter Vogt auch Kenntnisse über psychedelische Drogen, mit denen ich keine persönlichen Erfahrungen hatte, so über Haschisch, den er als die Droge des fliegenden Teppichs bezeichnete. Ich möchte aber darauf hier nicht näher eingehen, sondern statt dessen ein Gedicht anführen, das er mir auf meinen Wunsch hin, ein Schriftstück von ihm für meine Autographensammlung zu erhalten, zusandte.

Dr. Walter Vogts neuestes Testament
(1969)
ich will kein besonderes begräbnis haben
nur lauter teure und obszöne orchideen
zahllose kleine vögel mit bunten namen
keine nackttänze
aber
psychedelische gewänder
in allen ecken lautsprecher und
nichts als die neueste beatles platte (Abbey Road)
hunderttausendmillionenmal
und
do what you like (Blind Faith)
auf einem endlosband
sonst gar nichts
als einen populären christus mit einem
heiligenschein aus echtem gold
und eine liebe trauergemeinde
die sich mit säure (LSD) vollpumpt
till they go to heaven (aus Abbey Road, side 2)
one two three four five six seven
vielleicht treffen wir uns dort

Dr. Albert Hofmann herzlichst gewidmet
zum Frühlingsanfang 1971

Ende 1971 wurde der Arzt Walter Vogt wieder einmal selbst Patient. In der Folge einer schlecht verabreichten Narkose bei einer komplizierten Blinddarmoperation stellten sich schwere depressive Zustände ein, bei deren medikamentösen Bekämpfung er in den Teufelskreis einer Drogenabhängigkeit geriet, die sich von der Phase des Psychedelika-Konsums von Grund auf unterscheidet.

Um aus der postnarkotischen Depression herauszukommen, griff er zu Stimulantien. Wie er mir einmal sagte, wurde Amphetamin zu seiner Schicksalsdroge. Um die durch Gewöhnung abnehmende Wirkung zu kompensieren, steigerte er die Dosis. Er begann den Wirkstoff zu spritzen, wurde spritzsüchtig. Um die unerwünschten Nebenwirkungen des Amphetamins auszugleichen, vor allem, um wieder schlafen zu können, begann er zu trinken und konsumierte immer größere Mengen Alkohol. Um aus dem Teufelskreis von Stimulantien-Narkotika herauszukommen und besonders um die Spritzsucht loszuwerden, stieg er im Herbst 1973 auf Opiate um. Er konsumierte Opiumtinktur, schließlich enorme Mengen, und wurde Opium-Morphium-süchtig. So geriet er in einen körperlich-geistigen Zustand, der lebensbedrohend war, so daß als letzte Rettung nur noch eine Entziehungskur blieb.

Davon und von der Zeit unmittelbar nach der Kur handelt das Buch «Vergessen und Erinnern».

Bei der Lektüre stellt sich dem Leser immer wieder die Frage, wie es möglich war, daß der Autor, der als Arzt und speziell als Psychiater die Gefahren und die Schädlichkeit von Drogen und gewissen Medikamenten kannte und sich der Bedrohung seiner geistigen und körperlichen Gesundheit voll bewußt war (wie aus seinen Schilderungen hervorgeht), trotzdem in die Fänge des Drogenkonsums geriet und – man bekommt diesen Eindruck – manchmal lustvoll darin verharrte. Man möchte glauben, er habe, das Abenteuer suchend, mit dem Feuer oder mit noch Gefährlicherem gespielt, vielleicht nur, um dem Gewöhnlichen, Alltäglichen zumindest eine Zeitlang zu entfliehen. Aber eine solche Erklärung wäre wohl zu einfach, zu oberflächlich. Bei Walter Vogt liegt alles viel tiefer, ist kompliziert und tiefgründig. Da ist zum Beispiel die Bemerkung über den Traum des Arztes, selbst einmal Patient zu sein, oder jene über die Hinwendung zur Psychiatrie, die sich als Sehnsucht nach der Psychose entpuppt habe. Das sind merkwürdige Äußerungen, die tief blicken lassen.

Manchmal hat man den Eindruck, Walter Vogt genieße es aus der Kenntnis des Psychiaters heraus, nun als Patient seiner Ärztin ganz perfide Schwierigkeiten zu machen. Es ist oft ein rechtes Katz-und-Maus-Spiel, ganz amüsant zumindest für den Leser. Wobei man immer wieder unsicher wird, wer nun in einer bestimmten Situation Katze und wer Maus ist.

Ein solches Rollenspiel machte Walter Vogt in der psychiatrischen Klinik zu einem Sonderfall als Patient, sowohl für die Ärzte wie für die Mitpatienten. Ein einmaliger Fall eines Patienten war er auch hinsichtlich der Einsicht in seine Krankheit: Seine souveräne, oder souverän scheinende Haltung der eigenen Krankheit gegenüber kommt in Sätzen wie diesem zum Ausdruck: «Ganz plötzlich hatte ich genug von der ganzen Depression und Hypochondrie. Genug davon, von Arzt zu Arzt zu laufen.» Oder nach einem Gespräch mit der Ärztin: «Hätte ich bloß nicht angefangen damit – daß mich das Kranksein zu langweilen und zu ermüden beginnt.» So konnte er dann einfach beschließen, gesund zu werden, und wurde es endlich auch.

Es ist oft schwer für den Leser, das Spiel, das Walter Vogt mit seiner Ärztin in der Klinik treibt, zu interpretieren. Man kommt nicht ganz draus, und man ist unsicher, ob er selbst drauskommt. Aber das ist vielleicht gerade die Absicht des Autors, darauf hinzuweisen, wie wenig, wie nur oberflächlich wir die tieferen, wirklichen Gründe unseres Verhaltens und unserer Handlungen kennen.

Albert Hofmann

INHALT

Der Verlag dankt der Stiftung Pro Helvetia, der Stadt und dem Kanton Bern sowie der Gemeinde Muri für die Förderung dieses Werkes.

Der Abdruck von «Vergessen und Erinnern» erfolgt mit freundlicher Genehmigung des Benziger Verlages, Solothurn
Umschlag von Urs Stuber
unter Verwendung des Gemäldes «Good News for Incunabulists»
von R.B. Kitaj

ISBN 3-312-00169-2

DIE WERKAUSGABE WALTER VOGT
IM VERLAG NAGEL & KIMCHE

Band 1: Romane I	Wüthrich. Selbstgespräch eines sterbenden Arztes (1966) Der Wiesbadener Kongreß (1972) Nachwort von Elsbeth Pulver. Zürich/Frauenfeld, 1991
Band 2: Romane II	Melancholie. Die Erlebnisse des Amateur-Kriminalisten Beno von Stürler (1967) Schizogorsk (1977) Nachwort von Iso Camartin. Zürich/Frauenfeld 1991
Band 3: Romane III	Vergessen und Erinnern (1980) Nachwort von Albert Hofmann. Zürich/Frauenfeld 1996

Band 4: Romane IV	Schock und Alltag. Tagebuchroman (zuvor unveröffentlicht) Nachwort von Doris Halter: «Meine Begegnung mit Walter Vogt». Zürich/Frauenfeld 1992
Band 5: Romane V	Das Fort am Meer (zuvor unveröff.) Nachwort von Christoph Geiser. Zürich/Frauenfeld 1993
Band 6: Erzählungen I	Die sibirische Reise und andere Erzählungen (z. T. zuvor unveröffentlicht) Nachwort von Adolf Muschg. Zürich/Frauenfeld 1994
Band 7: Erzählungen II und Gedichte	Die roten Tiere von Tsavo (z. T. zuvor unveröffentlicht) Zürich/Frauenfeld 1994
Band 8: Romane VI	Altern. Tagebuchroman. 1981 (incl. eines zuvor unveröffentlichten Teils) Erscheint voraussichtlich 1997
Band 9: Theaterstücke und Hörspiele	Die Betroffenen. Stücke (zuvor unveröffentlicht) Nachwort von Peter Schweiger. Zürich/Frauenfeld 1993
Band 10: Essays	Schreiben als Krankheit und als Therapie. Essays (z. T. zuvor unveröffentlicht) Nachwort von Kurt Marti. Zürich/Frauenfeld 1992

Walter Vogt
Wüthrich. Der Wiesbadener Kongreß
Werkausgabe, erster Band
Romane I

«Eines der amüsantesten Bücher der letzten Jahre ... Vierhundert Seiten der Persiflage, der Karikatur, der grotesken Einfälle – so daß beim Lesen das Amüsement kaum je nachläßt, aber auch fühlbar bleibt, daß das Vergnügen nur die Kehrseite der Betroffenheit ist.»
(Schweizer Monatshefte)

Walter Vogt
Melancholie. Schizogorsk
Werkausgabe, zweiter Band
Romane II

«Die Romane ‹Melancholie› und ‹Schizogorsk› erinnern an die besten Arbeiten Dürrenmatts.» (Berliner Zeitung)
«Legitime, schöne Kriminalfälle, eingebettet in eine satirische Erzählprosa, die originell ist, ohne es absolut zu wollen, und ausgestattet mit skurrilen, ebenso amüsanten wie unheimlichen Figuren. Das liest sich spannend wie Wasser – bis man des Hinterhältigen gewahr wird und das exzellente Buch dann noch mehr genießt.»
(Norddeutscher Rundfunk)

Walter Vogt
Schock und Alltag
Werkausgabe, vierter Band
Romane IV

«Ein Buch, das, allen gelegentlichen Gefühlsaufschwüngen zum Trotz, von Melancholie und Resignation überschattet ist.»
(Der kleine Bund)

«‹Schock und Alltag› ist ein faszinierendes Werk, das die vielfältige und widersprüchliche Persönlichkeit des Autors spiegelt.»
(Berner Tagwacht)

Walter Vogt
Das Fort am Meer
Werkausgabe, fünfter Band
Romane V

«Ein Mann verirrt sich in die verbotene Zone, wird festgenommen und in das Fort an der Küste verbracht. … Spannend und vielschichtig wie das gesamte Spätwerk, mit dem Vogt kennzeichnenden kräftigen Schuß Zynismus und der ungebrochenen Lust an der Provokation.»
(Tages-Anzeiger)